プラチナ文庫

きみのはなし、

朝丘 戻。

"Kimi no Hanashi,"
presented by Modoru Asaoka.

プランタン出版

イラスト／井上ナヲ

目　次

※本作品の内容はすべてフィクションです。

きみのはなし

ピンポンと玄関のチャイムが鳴り、パソコン画面から目を離した。

真っ先に視界に入ったのは、正面の壁にある世界地図のポスター。昔勤めていた職場で先輩が〝おまえが好きそうなデザインだろ〟とくれたものだ。

そのヨーロッパのあたりをじっと凝視して重たい瞼《まぶた》を二度上下させたあと、時計を確認して椅子から腰をあげた。

時刻は深夜二時をまわっていた。

モニターを睨《にら》んで仕事に集中していたので、意識を現実に戻したのは数時間ぶり。立ちあがってみると思いがけず身体にズシリと疲労感がのしかかり、溜息《ためいき》が洩《も》れた。

インターフォンにはでず直接玄関へ行った。来客者が誰かは、すでにわかっている。

「こんばんは。お疲れさま、飛馬《あすま》」

ドアの前で頭を下げて挨拶《あいさつ》してきたのは海東響《かいとうひびき》。高校の同級生だ。

猫っ毛の黒髪をかきあげてふにゃりと笑う表情は、二十八になった今も当時とさしてかわらない。俺より顔半分背の高い彼は、特別ハンサムでも酷《ひど》く不細工でもない、人柄まんまの温くて甘いへたれ顔。

今フリーライター兼カメラマンとして働いている彼は、デザイナーの俺と仕事仲間でもある。しょっちゅう仕事をまわしてくれるので、ずるずると付き合い続けていた。

「……まあ、あがれよ」

あくびして促し、後頭部をかきながら部屋に戻った。海東は律儀に「お邪魔します」と靴を揃《そろ》えてついてくる。

2LDKの自宅は事務所としても使用していた。長方形の造りで、薄壁一枚で玄関と仕切られた十四畳の一室が事務所と仕事場。

手前の右手にはデスク、左手の奥まった空間にキッチン。浴室、トイレ。真正面奥のベランダへ続く窓の手前にソファーと透明テーブル、テレビ。その左手に十畳ほどの寝室。

再び椅子に腰掛けると、パソコンのマウスを操作してデータファイルを開いた。

うしろからおずおずと、申し訳なさそうな声が話しかけてくる。

「……飛馬、ずいぶん疲れてるみたいだね」

「誰かさんが突然電話してきて『三日で仕上げろ』なんて無茶を言うから徹夜が続いた」

「ほんとすみません……」

「おまえがきて緊張が途切れた途端、眠気がどっと襲ってきたしな」

「他人が家にいるのに、緊張しないんですか」

「今更おまえに緊張するかよ」

デザインはついさっき仕上がったばかりだ。選択して印刷を始めた。

「すこし待て。確認してもらって、大丈夫そうなら保存して渡す」

「うん」

すぐにデスクの左横に置いてあるプリンターが動きだした。ずずとプリントがでてくるのを眺めつつ、煙草を手に取って火をつける。

海東はうしろから俺のデスクを覗《のぞ》き込み、

「また増えたな……」

と呆《あき》れたような声をだして手をのばしてきた。

二十二インチのディスプレイの下には、俺のコレクションがズラリと並んでいる。ひとつ手に取ってまじまじ眺める海東は、上から下からじっと観察した。

「ほんと飽《あ》きないね……——ロリコンフィギュア」

「それ、できがいいだろ」

「このセーラー服、前に見せてもらった子みたいに脱げるの?」

「それは脱げない。でも造形がいい。服のシワとか、くびれとか、足のラインとか」

「俺にはわからないな……」

「おまえはホモだからな」

「あ、す、まっ」

ふう、と煙草の煙を吹いて、俺はべつのフィギュアを手にした。白シャツを半分脱いで、下半身裸で股《また》をM字に開いてる女の子だ。

数年前、人に存在を教えてもらってから、無趣味だった俺にできた唯一の趣味がこのフィギュア集め。造形の細かさや着色技術の巧みさを知るほどにのめり込んだ。組み立ても複雑じゃないので、仕事の息抜きにちょうどいい。

「おまえが持ってるのは食玩《しょくがん》だけど、こっちはガチャガチャのおまけだよ」

「うわ、えっろいなあ。今そんなガチャガチャあるの？　子どもが驚くじゃないか」

「五百円以上する」

「値段にも驚くね……その価格なら子どもも寄りつかないか」

「一応、十八禁だよ。俺はネットで箱買いするから、外でどう売られてるかは知らない」

「もう十八歳どころの歳じゃないのに……」

「これは大人の趣味だ」

「犯罪に走らないだけましかな」

海東は制服少女のフィギュアを俺によこすと、かわりに白シャツ少女のフィギュアを手にしてまた観察し始めた。

「小さい子脱がしてなにがいいのやら……」

「ホモにはわからないだろうな」

「ロリコンに言われたくないです」

「趣味だって言ってるだろ。現実じゃガキは苦手だよ」

「こんな感じの子に〝お兄ちゃ～ん〟って言われたらどうする？」

「べつに」

「じゃあなんでプラモデルじゃなくて、えろフィギュアなんだよ……」

海東のげんなりした顔に笑ってフィギュアを飾りなおした。そのままプリンターからでてきたプリントを取り、確認する。

「きれいに印刷できたな。ほら、二ページ」

「はい」と受け取った海東もフィギュアを置いてプリントに視線を向けた。

今回は車雑誌のカラーページだった。海東があげてくるラフをもとに俺がデザインを組み、完成させると、海東が自分の文字原稿と一緒に入稿するというのが大まかな流れだ。

「おまえの方の原稿はあがってるの？」

「……訊《き》かないでください」

まあこのように、海東は大抵ギリ入稿なわけだが。

「それにしても、今回のデザインもすごくいいね。この写真、解像度平気だった？」

「なんとか使えた」

「そうか。店から送られてきたんだけど、ちょっと心配だったからさ」

「締切まで三日間しかないのに、不安な資料を与えるなよ」

「すみません……」

確認したプリントを持って、海東は俺の足下に腰を下ろしてあぐらをかく。脇《わき》に挟んでいた茶封筒からクリアファイルをだすと、そのなかにプリントをしまった。

……あまりの眠さに頭痛がする。目を細めて海東の後頭部を見ていたら、はねた髪が気になったのでイタズラ心をだして指で引っ張ってやった。

「いた」

海東は痛んだあたりを左手の指でかくけど、怒るでも呆れるでもない。

俺はちょっと吹いて煙草をくちから離し、灰皿に灰を捨てた。

「飛馬、ここにあるの見本誌？」

「ん？」

振り向くと、海東がフローリングの床に無造作に積んである郵便物を指さしている。

俺が仕事をした雑誌の山だ。

「そうだよ、見本誌。読んでる暇《ひま》がない」

「相変わらず開けてもいないね」

「なんせ三日後締切で仕事をぶち込んでくるような奴がいるから」

「悪かったってっ。……謝ってるのに、もう～」

子どもみたいに唇を尖《とが》らせて拗《す》ねる海東がおかしい。

俺が眠気と頭痛の引かないこめかみを押しながら、からから笑っていたら、

「……急すぎて、飛馬にしか頼めなかったんだよ。ごめんね」

と弁解して、苦い表情になった。……いや、そんな反省しなくても、俺はからかって楽しんでいるだけなんだけどさ。

煙草の煙を吹くと、海東が郵便物をひとつ選んで茶封筒から見本誌をだしつつ、申し訳なさそうな声で続ける。

「他にも締切やばい仕事あったの？」

「二日後と五日後に締切があるよ」

「忙しそうだね……本当にごめん」

また謝られた。気弱にしてっからつけ込まれるんだ、このお人好し。

「最近レギュラーの仕事が一本減ったから、ありがたかったよ」

左足で背中をぐいぐい押してやる。

「いたた。……って、散々責めた最後にそれですか」

俺に足蹴《あしげ》にされて前のめりになったまま、海東は茶封筒を横に置いて雑誌をぱらぱらめくった。選んだのはパチンコ雑誌みたいだ。

「これ、飛馬はどこを担当したの？」

「表紙だよ。パチンコ雑誌の表紙は派手だし、それは確か特色使えて楽しかったやつ」

「ああ、うん。ぎらぎらして派手な表紙だね。……表紙って言えば、最近雑誌のタイトルに絵とかアイドルの頭がかぶってるデザインが多くない？　今まで棚に並んでいる雑誌は見慣れたタイトルロゴで見つけられたのに、できなくなったなあ」

「だな。なんだろうね。昔と違って雑誌自体のリピーターをつくるより、その都度見た目で惹《ひ》いて買わせようって魂胆なのかね」

「雑誌を読む人間が減ってるってことだよ……この業界も危ないなあ」

「情報誌はどんどん減るだろうな。後々ゴミになる雑誌をわざわざ買わなくたって、ネットで検索すれば一発だから」

「まったくだ。本格的に転職考えないといけないな……」

無駄話を終えたところでプリンターが止まったので、プリントを取って全ページ印刷できたことを確かめると海東に渡した。

海東はまた一枚ずつ眺めて頷《うなず》いてから「完璧です。保存お願いします」と、にっこり微笑んでクリアファイルにしまう。

頷いて再びマウスを操作してロム保存の処理を完了すると、灰皿を持って椅子から立ち、海東の正面に移動した。保存は時間がかかるから、ちょっと休憩だ。腰を下ろして今にも瞑りそうになる目を擦《こす》り、前髪をかきあげた。

「……眠いの？」

海東が心配そうに覗き込んでくる。「眠いよ」とこたえて灰皿に灰を落としたら、ますます眉間《みけん》にシワを寄せた。

「ひとりで部屋にこもりきりで、会話もなく仕事してるとつらいでしょう」

「会話してれば眠気が紛れるって言いたいのか」

「俺が相手なら、すこしは違うんじゃないかな。その……付き合いが、長いから」

「べつに」

「容赦ないな……」

あからさまにがっかりすんなよ。

「俺は他人がいたら気が散って集中できないから、ひとりでいいんだよ」

「さっき俺には緊張しないって言ったのに」

「緊張はしないけど、四六時中傍《そば》にいられたらいやだ」

「飛馬を癒《いや》せるのは美少女えろフィギュアだけか……」

溜息をつく顔もしょんぼりへこんでいる。変な奴だ。昔からだけど。

俺が煙草を揉《も》み消して右足の膝《ひざ》に頬杖《ほおづえ》をつき、目を閉じてふぅと息をつくと、声をひそめて言う。

「飛馬、すこし寝れば？」

「ンー……」

瞼を下ろしたら心地よかった。ずっと意識していなかった外の風音や、車の行き過ぎる音が鮮明になって、海東の声が頭痛で痺《しび》れる頭に沁《し》みる。

「食事はしてる？」

「……いや」

「食べてもいないのか」

「なにを食べればいいのかわからない」

　生活スタイルが崩れてるから、夜中に起きて夕飯よろしくがつがつ食べる気にもなれず、もっぱらパンやあめ玉や栄養ドリンクに頼る日々。

「飛馬は美食家だから、コンビニ弁当とかカップラーメンは苦手だしね」

「出前も飽きたよ」

「俺、このデザインを印刷所に入稿したあと、なにか買って持ってきてあげようか」

「必要ない。だるいから、ひとりにしてくれ」

「……はい」

　うっすら目を開けると、海東の哀《かな》しげな瞳と目が合った。俺と違って血色のいい顔をしてるし、雑誌を持つ腕も適度に筋肉がついていてたくましい。もともと細身だけど以前会った時より若干太ったようにも見える。毎日車に乗って取材や撮影に飛びまわっているぶん、さすがに俺よりは健康なのだろう。

「海東。最近どこ行った？　なにか楽しい出来事とか、きれいな景色の話を聞かせて」

　旅行好きな海東は、仕事で行く先の観光地を事前に調べて必ず寄り道する。

地方へ出張すればその土地の名物を食べなければ気がすまない性分で、ついでにおみやげも買ってきてくれるので、ありがたくいただいていた。

あまり外出しない俺にとって、彼の話は夢物語のようにも思えて楽しい。

海東もたいそう嬉しそうな笑顔を浮かべて話し始めた。

「三日前、千葉《ちば》へ取材に行ってきたよ。帰りに富津岬《ふっつみさき》の先端にある明治百年記念展望塔に寄ってきたんだけど、天気がよくて東京湾《とうきょうわん》もきれいに見えた。海と空が真っ青で」

ジーパンの尻ポケットからデジカメをだして、俺に寄り添う。液晶画面を見て操作し、「撮ってきたから見てごらん」と促されて顔を寄せると、なんとも妙な形をした展望塔が表示されていた。正方形の台を一本の柱で固定した小さな塔がいくつも重なって、ピラミッドみたいになっている。

「これが展望塔?」

「そう。五葉松をイメージしてつくられたらしいよ」

「ああ。だからシルエットが三角なのか」

海東は頷きながら画面をかえて、夕日をバックに撮影した塔や東京湾を見せてくれた。

橙色《だいだい》と黄金色の光が満ちる夕空のなかで、隆々とそびえ立つ展望塔の黒いシルエット。吸い込まれそうなほど鮮やかな碧《あお》の海。波の流線。散らばる白い飛沫《ひまつ》。とてもきれいで、俺もいささか感動した。

「素敵だね」

「飛馬にも見せてあげたかったよ」

夕暮れ時にこんな場所へひとりで行ってカメラを構え、一時の休息に身を委《ゆだ》ねる海東を想像した。冴《さ》えないお人好しなくせに、こいつは他人が沈黙を欲する瞬間を心得てるから、自分がそこにいても一緒に景色や空気を堪能できるだろうなとぼんやり考えた。

「いいね。行きたい」

高校時代を思い出す。俺が授業をサボって屋上で寝ていると、海東はいつの間にかやってきて横でくつろいでいた。並んで寝ていたことも、傍で空を撮影してたこともあった。不躾《ぶしつけ》に会話を求めてくるでもなくただそこにいて、帰るまで無言でいた日も少なくない。たとえ俺と千葉へ行ってもつまらない思いをするのは海東の方だろうに、横にいる海東はにこにこ嬉しそうに微笑んで誘ってくれる。

「行こう。冬場の空気がきれいな日には、ここから富士山《ふじさん》が見えるらしいから」

「うん、わかった」

とはいえ、こうして交わした約束が果たされたことは一度もない。お互い忙しくて休みが合わず、仕事で会うたびに、くち先だけの約束が増えるばかりだ。

「帰りに高速を走ってたら交通事故を見たよ。ばんばんとばしてるフェラーリがいて、追い抜いて行ったなあと思ったら、カーブを曲がりきれなかったみたいでぺっしゃんこ」

「前もそんなこと言ってたな」

「毎日車に乗ってりゃ遭遇率も高いよ。幸い運転手は無事だったみたいで、ほっとした」

海東の屈託のない笑顔を見て、俺も苦笑した。外の世界は楽しそうだなあなんて、しようのないことを考えた。

その時、パソコン画面から保存終了のポコンという音が鳴った。よっこら、と立ちあがって椅子に腰掛け、ロムをだしてケースにしまう。

「できたよ」と海東に差しだすと、彼もデジカメをしまって立ちあがり、ロムを手にして封筒のなかに入れた。

もう二時半を過ぎた。

「気をつけて運転しろよ。夜道は危ないからな。自分までぺしゃんこにならないように」

「ありがとう。飛馬もゆっくり寝なよ。すすむ仕事もすすまなくなるから」

「ンー」

「生返事だなあ」

海東が玄関へ向かううしろをついて行く。靴をはきながら、彼はまだ言う。

「身体検査とかしてる？　一年に一度はドック行った方がいいよ」

「おまえはしてるのかよ」

「時間がない」

「人のこと言えないじゃないか」

「俺はいいんだよ、自分の身体は自分でわかってる」

なんだこいつ、えらそうに。

「俺だってわかってるよ」

「飛馬は体調崩しても病院に行かないだろ。普段は気が強いくせに、変なとこ臆病《おくびょう》だから病気って知るの怖がりそうだし」

「うるさい奴だな。はやく帰れ」

「ったく……」

靴をはいた海東が振り向いて俺の右手を引き、唐突に唇を重ねてきた。唇の表面を舌で軽く舐《な》めて、吸う。

そっと解放されると、くち先についた海東の唾液《だえき》が空気に触れてひんやりした。服の袖《そで》で唇を拭《ぬぐ》って、睨みつける。

「このホモが」

彼は微苦笑して、

「じゃあ、またね」

と玄関のドアを開けて手を振り、帰って行ったのだった。

食事をせずとも、水分と煙草はばかほどくちにする。

海東がきた数日後、煙草が切れたついでにコンビニまででかけて帰りにポストを覗いたら、大量の見本誌と一緒に同窓会の案内ハガキが届いていた。

見本誌の入ったでかくて重たい茶封筒を小脇に抱えてげんなりし、ハガキを適当にコンビニ袋へ突っ込んで自宅のある五階までエレベーターで戻った。

部屋に入って見本誌を投げ捨てるように床に積み、椅子に腰掛けてコンビニ袋から栄養ドリンクとペットボトルのスポーツドリンク、パン、煙草をだしてデスクの上に置く。

ひとまず栄養ドリンクを手に取って飲む。飲み終えたら、それを右横の壁際にある栄養ドリンク瓶の列に、ラベルの向きを揃えて並べた。

溜息をついて、次は煙草を取って火をつけて吸う。椅子の上にあぐらをかいて瞬《まばた》きし、煙草の煙を吐いた。……眠い。

左奥にあるベランダの窓からは、白い日差しが入って眩《まぶ》しかった。明るい光を見ていると目の奥に刺激が走って余計に眠くなったが、寝ている暇はない。

仕事を続けるか……。と、コンビニ袋を丸めてゴミ箱へ捨てようとした瞬間、ゴワとした感触に触れてやっと、同窓会のハガキの存在を思い出した。

仕事に関係のないことは消去法でさっさと忘れる。ぼうっとしてちゃだめだなと自分を戒《いまし》めてハガキをキーボードの上に置き、頬杖をついて読んでみた。

高校三年の同窓会だ。二ヶ月後、夜七時から九時頃まで、二次会参加は自由とある。

煙草を唇から離して、灰皿に灰を落とした。

幹事の欄には見知った名前があった。大澤栄一《おおさわえいいち》。頭のキレる、要領のいい男だった。カリスマ性があって、必ず学級委員をまかされる。今でも幹事なんてやってるのかと思ったら、彼らしくてすこし笑えた。

元気そうでなによりだ。

煙草をくわえてハガキを横に置き、ついでにキーボードもよけてデスクに俯《うつぶ》せた。

部屋の奥、ベランダの外を眺める。鉄柵《てっさく》に鳥がとまって、ピチピチ鳴いている。

……カリスマ委員長大澤と、天然金持ちおぼっちゃん一之宮《いちのみや》と、お人好しゲイの海東。

当時、気づくと傍にいた奴らの顔を思い出した。

あいつらはなぜか、俺みたいなお友達ごっこの苦手な面倒な奴をかまってくれた。

俺が昼まで屋上で寝ていると、昼食時に必ずきて横で食事を始める。

放課後はたまに寄り道に誘ってくれて、気が向けばついて行った。ゲームセンターに、ビリヤード、ボーリング、カラオケ。

修学旅行の班も知らぬ間に一緒に組まれていて、周囲にも友達認定されてたと思う。

卒業後の数年間はツーリング仲間として小旅行に行ったりもしたけど、この仕事を始めてからは俺が外出しなくなったので、もう長いこと会っていなかった。

つかず離れず、一定の距離を保って、傍にいながらにして放っておいてくれる。今思えば俺にとってとても居心地のいい奴らだった。

……いや。一度だけ不愉快なことがあったな。

夏休み半ばに起きたあの事件は、俺のなかでいまだ忌々《いまいま》しい伝説だ。奴ら三人でなにを思ったのか、しようもない嘘で俺を騙《だま》そうとした。大澤と一之宮から電話がきて、海東が交通事故に遭って命が危ないとかなんとか。

『集中治療室をでたから、見舞いに行ってやってよ』と、たいそうしつこく説得されてでかけて行ったら、海東は足にギプスをして車椅子に座っていた。

『元気そうじゃないか』

そう言って見舞いの雑誌だけ置いて帰ろうとすると、慌てて引き止められた。

『もうちょっと焦ってくれてもいいじゃない』

『は？』

『〝死にそう〟とか〝集中治療室〟とか聞いて、どう思った、かな』

『死んでないだろうが』

『死んでたら、焦った？』

『なにが言いたいんだよ。死ぬとか気安く言う奴は好かない』

『うっ……いや、そうじゃなくて、飛馬の気持ちが知りたかったというか……』

ばつが悪そうな表情で目を泳がせる海東に違和感。

『俺の気持ちってなんだよ』

『いや、だから……俺がいなくなったら、飛馬はどう思うかなって』

『しかたないと思う』

『つ、冷たいな……』

『運命だと思うしかないだろ。今ここにいるなら、それでいい』

『あ、飛馬……！』

で、いきなり抱きつかれた。

『離せ、暑苦しい』

『俺はもっとこう……病室まで駆けつけてきて、「海東、大丈夫か！」って泣いてくれる姿を期待してたんだよ』

『……なんだそれ。どうもようすが変だな。なにか企んでるんだろ』

『え』

『そもそも集中治療室からでたばかりにしては、元気すぎるぐらいだし』

『ぐっ、そ、それは……』

『おい』

髪をぐいぐい引っ張って問いつめてやったら、海東は家の階段から落ちて骨折しただけで、命の危機や集中治療室なんかはまるっとデタラメのつくり話だった。

『……ごめん。飛馬を驚かせて、反応を見たかったんだよ』

三人が揃って謝罪してきたので、俺は海東の頭だけ思い切り殴って家へ帰った。

――思い出すだけで腹が立つ。

高校の頃のことなどほとんど憶えていないし、憶えていることもそれが正しい記憶かどうかあやふやだというのに、奴らのセリフ一言一句鮮明に浮かんでくるほどだ。

騙されるのは嫌いだ、利用されるのも。だからひとりでいい。

……煙草をくちから離して灰皿に置いた。俯せたままじっと瞬きを繰り返していると、フローリングの床とソファーを照らす緩い日差しの色が、消えかけていた記憶をまたふっと蘇《よみがえ》らせた。

そういえば、あの夏休みが終わって数日経った頃、英語の授業をサボって屋上で眠っていたら海東がきた。

喧嘩《けんか》で絆《きずな》を深めるような青くさい友だちだなんて思ってなかったし、仲なおりしないとつらくなるような強い執着も感じてなかった。なのに海東は静かな口調で二度ごめんと繰り返すと、俺の唇に自分の唇を重ねてきた。

海東とした、十一回目のキスだった。

抵抗したら、きっとつけあがる。そう思って海東に唇をくれてやりながら、晴天の空にぽこぽこ浮かぶ白い雲を眺めて〝こいつは罪を犯したらコレで許されると思ってるのか〟と呆れていた。

今までの長い付き合いのなかで、あいつが女と付き合っていたことも知ってるし、お互いもういい歳だ。そろそろ飽きて、そのうち会いにもこなくなるだろうけどな。

今俺たちを繋《つな》いでいるのは、仕事だけなんだから。

俺は生きていると時々、怖ろしいほど世話好きでお節介な人間に出会う。そして大抵、そういう人間を嫌いになる。

月末月初の多忙な時期を乗り越えた月半ば、ソファーに腰掛けて久々にのんびり読書していたら玄関のチャイムが鳴った。

まだ日も明るい真っ昼間だ。宅急便かな、などと考えつつインターフォンにでたら、相手は昔勤めていたデザイン事務所の先輩、永峰浩二郎《ながみねこうじろう》だった。

『よ、飛馬玲二《れいじ》く〜ん。あ〜そび、ましょ〜』

「ああ……。はい、今行きます」

ぺたぺた歩いて行って玄関のドアを開けると、永峰先輩はでかくて筋肉質のごちごちした身体に不似合いな、人懐っこい顔でにかにか笑って部屋へあがってきた。

「今、ちょうど暇な時期だろ？　ひとりで寂しいんじゃないかと思ってさ、酒持ってきてやったよ」

「まだ昼ですよ」

「もうすこしすりゃ日が暮れてくるよ。そしたらバーッと夕飯食べに行こうぜ、夕飯」

「そんなに食欲ないです」

「ばか野郎。おまえは仕事始めると全然食わないんだから、時間ある時はガンガン食え」

「はあ……」

「昔からそうだけど、玲二は一点集中型だよなあ。もっと器用に生きろよ。仕事が終わったら思いっきりガッと食ってバッと遊べ。今のままじゃ明日にも黙って死んでくぞ」

……なぜどいつもこいつも健康、健康と世話を焼いてくれるのか。それに外食してもこの人は質より量タイプの人間だから困る。パスタを大盛り頼んだかと思ったら、あほみたいにタバスコとパルメザンチーズをかけて味をぐちゃぐちゃにしてしまい、にっこにこ笑顔でたいらげるような男だ。あれを見てれば食欲も失せる。

この人は声が大きく感受性豊かで味覚音痴で、猪突猛進《ちょとつもうしん》型の体育会系だ。

「……酒ばかりいっぱい買ってきましたね。つまみはないんですか」

「ばーか。酒だけありゃ十分だよ。心も体も元気になれる魔法の水だぞ、嬉しいだろ！」

そして酒を呑《の》んで語らえば、わかり合えない人間はいないと信じ込んでいる天然単細胞。

……ああもうはやく帰ってほしい。

俺は先輩がテーブルの上に缶ビールと焼酎《しょうちょう》を並べる姿にうんざりして、キッチンへ逃げてつまみを物色した。

カシューナッツと海東が前にくれた地方限定スナック菓子を見つけて戻ったら、ソファーに座っている先輩が満面の笑みで缶ビールをかかげる。

「ほら、おまえのぶんもあけてやったぞ！」

無駄に明るく笑ってる彼の尻の下では、俺が先程まで読んでいた本がぶっ潰《つぶ》れていた。

……なんでこんな人間がこの世に存在しているんだろう。

テーブルの上にお菓子を置くと、先輩の尻の下から本を引っ張りだして、彼の「おっ、ごめん気づかなかった」なんて脳天気な反応の仕返しに、軽く頭を叩《たた》いてやった。

缶ビールを受け取って横に腰掛ける。乾杯して呑み始めてしまえば、先輩は酒に夢中になる。

ソファーの隅に両膝を立てて座って、左横の窓の外を眺めながら時計ばかり気にする俺と、俺が持ってきたお菓子を勝手にあけて、ご機嫌で酒を呑む永峰先輩。

会話は、彼が話しかけてくることで生まれる。仕事のことをメインに一時間ほど近況報告をしたあと、先輩は自分のプライベートな話をべらべら打ち明けだした。

「俺の妹が妊娠したんだよー……」

「へえ。おめでとうございます」

「予定日は三ヶ月後なんだ。女の子だってさ……俺もとうとう伯父さんだよ」

「先輩もう三十四でしょ。誰がどう見ても〝おじさん〟ですよ」

「うるせえ」

嫌々話すわりに、表情はどこか嬉しそうだ。目元の小さなシワから、至福感が滲《にじ》んで見える。この人はこういう話を聞いてくれる相手を欲していたんだろうな。

「玲二は兄弟いたっけ?」

「兄がいますよ。実家で両親と暮らしながら、俺より立派なニートしてます」

「えっ。いくつだよ」

「四つ違いなので、今は三十二ですかね。俺、昔からあの人が嫌いなんで、詳しいことはなにも知らないです」

「〝あの人〟っておまえ。冷えた兄弟関係だな……」

「貴方の兄妹の仲のよさは、俺にはおとぎ話みたいですよ」

兄は昔から内向的で、俺とは真逆の人間だった。どんなことも白黒はっきりしないと気が済まない俺に反し、兄はとにかく隠そう、逃げよう、好かれようとして振る舞う。

とくに狡猾《こうかつ》だったのは両親に対してだ。

うちの両親は俺が三歳の頃に離婚していて、物心ついた時には父と再婚した継母との四人家族だったからか、兄は継母に好かれるために必死で、その道具として俺を利用した。

俺が学校でクラスメイトと喧嘩して怪我でもさせれば、いさんで継母に告げぐちする。そして継母が『玲二君はどうして話し合いで仲なおりできないの？』と煙たい顔をするのを、陰からこそこそ見てにやけてやがる。

苛立《いらだ》った俺が継母に事情を説明しようとして突っかかれば、父が『継母さんの言うことを聞きなさい！』と俺を叱《しか》る。

兄は自分の手を汚さずにほしいものを手にしようとする、狡賢《ずるがしこ》い野郎だ。

殴ってやれば、またここぞとばかりに両親に泣きついて俺が悪者扱いされる堂々巡り。

「玲二が兄貴を更正させりゃいいじゃないか。話し合えばきっとわかる」

「話、ですか」

「そうだ。血の繋がった兄貴だからこそできることなんだぞ。仕事して金を稼げばなんでも買えるし、友だちをつくれば一緒に酒が呑めて楽しいんだって教えてやれ」

熱血漢の先輩らしい考え方だ。思わず苦い笑みを洩らした俺を見て、怪訝《けげん》な表情で〝家族を見捨てるなんて薄情な奴だな〟と訴えているのがよくわかる。

「どうして笑うんだよ、玲二」

「いえ、すみません」

そもそも更正なんて感覚自体、他人の勝手な価値観にすぎない。

己の人生は己で築くものだ。周囲の人間が〝可哀想《かわいそう》〟〝つまらなそう〟と思っても、それを押しつける権利はない。ニートだろうと、兄と両親は譲り合い、許し合いながら納得して生活している。それならそれでいい。

今更、奴の生き方について言及する気もない。もういい歳なんだから、死ぬ寸前に〝つまらない人生だった〟と後悔しようと反省しようと、自分自身の責任だろ。

先輩は四缶目の焼酎をあけてぐびっと呑み干すと、

「ところでおまえは、彼女はいないのか？」

と目を輝かせた。仕事、家族、と話題が尽きたら最後にくるのは恋愛だ。

あー……面倒くさい。

「彼女なんていませんよ」

「いないのか。変なフィギュアを集めるだけで、生身の女にはいまだに興味なしなのか」

「フィギュアは趣味です。理想じゃない」

「俺の姪《めい》っ子がものすごくかわいくなっても手だしすんなよ？　〝玲二おにいちゃ〜ん〟とか言われたら、絶対でれでれすんだろ、おい」

……似たようなことを、この前も言われた気がする。飽き飽きして煙草の灰を灰皿にトントン落とした。先輩は横からじとっと睨んでくる。

「俺、おまえに彼女がいるところ見たことないぞ。セックスしてないのか？　店へ行くのか？　まさかフィギュアと右手だけの性生活？」

「……下品ですよ」

「男同士だからかまわないだろ」

どういう根拠だ。

「確かに俺は女子がほとんどいない高校出身でしたし、そういうノリもわかりますけど、臆面もなく下品な話をする人間は苦手です」

「よく言うわっ。裸の幼女フィギュアを仕事用ディスプレイの下に並べておいて！」

肩をぶっ叩かれた。筋肉ばかは手加減を知らないからいたい。

煙草をくちにくわえてフンと前髪をかきあげたら、俺をまんじりと眺めていた先輩はしばし間をつくってから「……キスもしてないのか」と小声で続けた。

脳裏に海東の姿がちらつく。

「してますよ」

「えっ！　じゃあ彼女いるんじゃないか」

「いませんって」

「まさか〝女子がほとんどいない高校出身〟って言ったけど……相手、男？」

「ですね」

先輩がぐっと唇を引き結んで、途端に視線をぐるぐる泳がし始めた。子どもみたいにあわあわ動揺してやがる。なに意識してんだ、あんた。

「そうか、ゲイだったのか……納得したよ、おまえきれいな顔してるもんな……くち元のほくろとか色っぽいよ。キスしたくなる気持ちもわかる」

俺は天井向いて煙草の煙を吹いた。もう面倒だから、好きなように妄想させておこう。ゲイだと信じ込ませておけば、今後執拗《しつよう》に追及されることもないだろうし。

そもそも俺はひとつも嘘をついてない。勘違いは先輩の勝手だ。

「なあ、相手ってどんな奴なんだ？」

「同級生ですよ。ついでに同業者ですね」

「仕事でも接点があるのかっ」

「偶然ですけどね」

「おまえが惚《ほ》れるような男ってどんな奴だろう……すごく興味あるわ〜……」

〝惚れるような男〟なんて俺も知らない。

先輩は興味津々な顔して鼻息荒く詰め寄ってくる。

「俺、そいつに会ったことある？　名前は？　格好いいのか？」

「……そこまで言う必要ないでしょ」

「五年以上付き合いがあって、一度も色っぽい話を聞いたことがなかったんだぞ!?　原因がやっとわかった今、訊くなって言う方が無理だろうがっ」

「中学生ですかあんたは」

「うわ〜、おまえのその冷たい態度もかわいく見えてきたよ。照れちゃってこのー！　俺みたいながっしり体型の男には弱いんじゃないか？　ほら、見てみろ！」

このばか、服の袖をまくって腕の筋肉を自慢し始めた。

ひょっとして逆効果だったのか？　……と、気づいた時にはなにもかも遅かった。

急にはしゃぎだした先輩は、

「よし、今から二丁目に行くぞ！　おまえの好みの男をこの目で見て確かめてやる！」

と、ソファーを立って俺の腕をグイと引き寄せた。

「は？　冗談よしてください、ちょっと、」

「うるさい、彼氏一筋なんてかわいいこと言わせねえぞ、行くぞ！」

こいつ完璧に酔っぱらってやがる。

……時刻は夕方、六時半。長時間耐えたのに、今からさらに厄介なことが起きるに違いないと予感したら、目の前が真っ暗になるほど落ち込んだ。

先輩に引っ張られてマンションをでると、タクシーで新宿《しんじゅく》まで拉致《らち》られて一軒のバーへ連行された。

薄暗い店内は左手にバーカウンター、右手がソファー席。わりと静かな雰囲気でほっとしたが、店員も客もみんな男なのがどことなく異様だ。

カウンター前のソファー席に腰掛けて注文を済ませると、先輩は周囲をうかがって俺に耳打ちしてきた。

「さすがにカップルっぽい奴らは堂々とくっついたり、見つめ合ったりしてるなー……」

「満足したならさっさと帰りましょう」

「いや、おまえのタイプを知るまでは満足しない。普段うちにこもりきりのおまえの気分転換も兼ねてんだから、楽しめよ」

「俺のためにきたって言いたいんですか」

「当たり前ぇだろ」

そろそろ殴ってやろうか、この脳みそ筋肉男。

煙草をだして吸う俺に、先輩は酒臭い顔を擦《す》り寄せてなおもからかってくる。

「おい、玲二。あのカウンターにいる店員も隅の席の客も、おまえのこと見てるぞ。奥の席の奴らもこっち見てこそこそ話してる。あんな感じ、おまえのタイプか？」

返答するのもばからしくなってきたので、黙って煙草をふかした。

やがて酒を運んできた店員は俺に意味深な笑顔をよこして去って行き、先輩は大喜び。

「ぶっはははは。完っ全に誘われてたろ、今の！」

「本当に鬱陶《うっとう》しいですよ、あんた」

下品な酔っぱらいが必要以上に大笑いするものだから、周囲の注目の的になる。

するとカウンター席に座っていた客がふいと振り向いて、絶句した。目を剝《む》いて、あんぐり開いた唇からひとことこぼす。

「……あ、すま?」

海東だ。ここにもひとり、ばかがいた。

一瞬睨んで、すぐ視線をそらした。当然だ。ここで永峰先輩に海東と知り合いだってことがバレたら、余計面倒なことになる。どうせ海東もプライベートできてるんだろうし、邪魔されたくないだろう。

案の定、海東は居心地悪そうな表情で慌てて正面に向きなおり、右横にいる男の子と会話を再開した。

「おい、玲二……? どした、上の空だな。好みの奴でもいたか?」

「いない」

いやらしい目で俺の顔を覗き込んでくる先輩は、酔いがまわってきたのかゆらゆら揺れて今にも倒れ込んできそうだ。突っぱねて押し離したら、ソファーの背もたれに身をあずけて酒を呑み、へらへら笑い続けた。

この一杯を飲み終えたら放って帰ろう。そう決めてグラスにくちをつけ、なんとなしに

海東の背中を盗み見た。

海東がこういう店に出入りしているなんて知らなかった。横にいる男の子は整った顔立ちの青年だ。たぶん二十五、六？　すこし長めの茶髪と、きらきら光るシルバーのピアスが印象的。海東より小柄でスタイルもいい。……恋人だろうか。

なんだ。特定の相手がいたんじゃないか。だったらどうして俺にキスしてたんだよ。単なるスキンシップか？　おまえのルールではキスは浮気にならないのか。

その時、男の子が海東の腕を引き寄せてイタズラっぽく微笑みながら唇を奪った。海東はすぐさま焦ったようすで視線だけ俺によこし、俺は目を細めて見返す。

……ふーん。海東、おまえがここまで不誠実な人間だとは思わなかったよ。

食われそうな勢いで海東の唇が犯されてる姿から、ふいと目をはずしたら、

「あの、すみません。お連れの方、大丈夫ですか？　泥酔なさっているようですが……」

と突然話しかけられた。左横に、さっき色目を使ってきた店員が上半身を屈《かが》めて立っている。

泥酔って先輩のことか？　首を傾《かし》げて振り向いたら、このばかはソファーに沈んで大ぐち開いて寝てやがった。……不快なことが重なりまくって頭が痛くなってきた。

「すみません。すこししたら起こして、タクシーにぶち込んで帰らせますから」

「いいえ、いいんですよ。なんなら、ちょっと奥で休ませてあげても」

「奥？」

俺に顔を寄せて店員が声をひそめ、

「……内緒ですが休憩室があるんです。恋人同士で休んでいかれる方も多いんですよ」

げほっ、と俺は思いきり咽《むせ》せた。持っていたグラスを置いてくちをおさえる。

「冗談よしてください。この人、恋人じゃありませんから」

「あら、おふたりでいらしたから、てっきりそうかと思いました」

「単なる仕事仲間です」

「仕事関係の方……──じゃあ、僕が貴方をお誘いしてもご迷惑ではない？」

そう問われて初めて、店員の顔をまともに見た。清潔そうに切り揃えられた黒髪と、甘ったるい笑顔とえくぼ。ベストとネクタイのモノトーンの制服がよく似合っている。

紳士ぶった態度の裏にべたついた欲を上品に隠してるところは上出来だが、俺は口説かれにきたわけじゃない。

「迷惑なので、遠慮します」

きっぱり切り捨てたのに、彼はいっそう嬉しそうに微笑んで俺の横へ腰掛けざま、身体を密着させてきた。

「素敵です、その目」

「めげない人ですね」

「久々に一目惚れするほどきれいな方に出会ったので、もうすこし頑張らせてください」

「お仕事に戻ってください」

「じゃあこういうのはどうですか。貴方がキスをさせてくれたら、お連れさまはこちらで責任をもって介抱させていただきます。それが僕の仕事です」

「タクシーに蹴り入れるからいいって言ったでしょう」

煙草の灰を灰皿に捨てて何度目かの溜息を吐き捨てたら、店員は俺の手の甲に手を重ねて、耳元で囁《ささや》いた。

「……貴方の唇の下のほくろに惹かれました。キスだけで諦《あきら》めますから、お願いします」

ほくろね……さっき先輩も言ってたな。意味がわからない。

海東がちらちらこちらをうかがっている。なに心配そうに見てるんだ。キスぐらいおまえも簡単にするだろうが。恋人でもない相手にまで、ぶちゅぶちゅと。

ああー……酒呑んでるからかな。だんだんなにもかも面倒くさくなってきたな。

「わかった。いいですよ。そのかわり、この筋肉ばかをよろしくお願いしますね」

ぶっきらぼうに応じると、にっこり微笑んだ店員がゆっくり唇を近づけてきた。

海東の唇と違って冷たくて器用で不愉快なキスをよこす唇だった。巧みな舌使いで唇の隙間《すきま》をわり、口内まで侵入してくる。ぬるぬる生暖かくて自己中だ。

決定的に違ったのは唇がよこしてくる感情だった。この店員のキスには唇の味を楽しむ以外なんの気持ちも見えないが、海東の唇は俺を察するような思いやりがある。

いいかな、だめかな、と唇の表面だけはんで、強引なんだか消極的なんだか、ちぐはぐな優しさを感じさせる。

高校の頃からいつだってそうだった。……だからなんだって話だけど。

永峰先輩から、

『どうして先に帰ったんだよ！　あの店の奥、ベッドルームになってて俺の貞操ヤバかったんだぞ!!』

と、テンパった電話がきて大笑いした数日後、海東からも電話がきた。

『あ。……飛馬？』

「ああ。なんだ」

『仕事また頼みたいんだけど、二十五日締切でスケジュールどうかな』

「ラフはいつあがる？」

『今夜、明け方には仕上がるから持って行くよ』

「なら大丈夫だよ」

『本当に？　じゃあ、お願いします。朝だから、ポストに入れておけばいい？』

「たぶん起きてるけど、一度チャイム鳴らしてみろ。反応なければポスト投函《とうかん》で」

『ン、わかった。――……えーと。……なら、今夜……っていうか、朝。また』

「はいはい」

最後の、無駄な間だらけの名残惜しそうな会話の切り方。……あのあほ。

素直に〝この前の夜、一緒にいたのは誰なんだ〟って訊きゃいいだろ。おまえみたいに彼氏がいるのに、あちこちでぶちゅぶちゅかましてるようなうしろ暗い付き合いなんかしてねえよ。

呆れてそれ以上考えるのもばからしくなって、携帯電話を放ると仕事を続けた。

やがて深夜三時を過ぎた頃、玄関のチャイムが鳴った。

ちょうど意識が朦朧《もうろう》としてくる時間帯だったので、ありがたく思いながら玄関へ行くと、ドアの前に海東が立っている。

「こんばんは、飛馬。起きてた?」

「んン……起きてたよ」

「差し入れの煙草とジュース買ってきたよ」

「気が利くな」

「あと、この間大阪《おおさか》に出張した時のおみやげも持ってきた。蓬莱《ほうらい》の豚まん十個入り」

「……嬉しい」

「よかった。……腹減ってる？　仕事の切りがよければ温めてあげるよ」

「うん。一緒に食べよう」

「いいの？　じゃあふたつね」

部屋へあがると、海東はキッチンへ移動した。

俺の仕事用デスクは椅子に腰掛けるとキッチンに背が向くように設置してあるので、椅子の背もたれの方を向いて跨《また》がって座り、頬杖をついて海東の姿を観察する。眠くて動く気になれなかった。

左側の調理台の前にすこし屈んで立つ海東は、皿にふたつの豚まんを並べて少量の水に浸し、ラップで包んでレンジに入れる。

「三分弱でいいかな」

呟《つぶや》いて時間を設定すると「残りは冷凍しておくよ」と冷蔵庫にしまってこっちへきた。

「はい、これがほかの差し入れ」

「……ン。ちょうど煙草が切れて困ってた」

コンビニ袋を受け取った。なかには俺がいつも吸っている煙草がふたつと、ペットボトルの紅茶と、缶コーヒー。

「なんで飲み物がふたつ？　どっちかおまえの？」

「いや、違うよ。俺が飲んでほしいのは紅茶。コーヒーは栄養ドリンクがわりの眠気覚まし。……飛馬は普段から栄養ドリンクたくさん飲むから、コーヒーで我慢してもらおうかと思って。どっちも胃腸が荒れそうで、身体によくないかもしれないけど」

「ふうん……」

「煙草も、ほどほどにしなね」

「ンン」

缶コーヒーだけ取りだして、他はデスクの上に置いた。カチ、と缶を開けてひとくち飲むと、冷たい苦みがおいしかった。するとすぐにレンジがチンと鳴って海東が再びキッチンへ行き、「あち、あちっ」と耳たぶを触りながら豚まんの皿をシンクに置いた。

俺が笑っている間にラップをといて豚まんだけ持ち、拗ねた表情で戻ってくる。

「笑いすぎだよ。——はい、どうぞ」

「ありがとう」

両手で持って冷ましながら食べた。

蓬莱の豚まんはジューシーで豚肉と玉ねぎのバランスが絶妙な一品だ。ほくほくふわふわの表面を囓《かじ》ると肉汁がじわと口内に広がって、顎《あご》のあたりが痛むぐらいおいしい。

「熱い。けどおいしい」

「うん。これなら、飛馬の味覚にも合うよね」

「久々に食事で幸せな気持ちになった」

「はは。それはちょっと大げさ」

海東も床に腰を下ろして食べた。「おいしいね」と何気なく感想を言いつつ脇に挟んでいた茶封筒からクリアファイルをだして、ラフ原稿とロムをだす。

「で、仕事の話なんだけど。これが原稿で、画像はこのロムに保存してあるから」

「ン」

特別大きくしたい文字や、タイトルロゴのイメージなど、口頭で確認しておくべき部分の指示を聞いた。海東のラフのひき方やデザインの好みはすでに熟知しているから、軽く聞く程度で問題ない。ふんふん相槌《あいづち》を打って、豚まんを頬張る。

俺の膨らんだ頬を見た海東は小さく吹いて、

「もっと食べる?」

と、食べかけの豚まんを差しだしてきた。

「うん。いらないならほしい」

「そんなにおいしそうに食べてくれたら、見てるだけで満足だよ」

半分に減っていた海東の豚まんをもらって、がぶと囓った。

海東は嬉しそうに俺を見つめて微笑し、すこし深刻な声で言う。

「――……ねえ。あのね、飛馬」

「なに」

「その……実は、来月から連載を始めるんだけど、デザイン担当してくれないかな」

くるかと思った話題のあてがはずれた。思わず睨みつけるように目を細めて「連載？」と問い返す。

「そう。旅行雑誌なんだけど毎月カラーで四ページ。この仕事も俺が編集兼ねてるから、担当する」

「ふうん。来月からって、急だな」

「ちょっとわけありでね。飛馬、この間レギュラーが一本飛んだって話してたから、どうかと思って」

「ありがたい」

「よかった。毎月、今ぐらいの時期に頼む予定だよ」

「いいよ。旅行雑誌かー……おまえ、前にガイドブックの仕事もしてたもんな」

何年前か忘れたが、当時は海東が毎日のように遠出していたので、あちこちの名物をおみやげでもらっては、ありがたく頂戴していた。

「今回もいろんな場所へ取材にでかけるの」

「そうだね。温泉とか見てくるよ」

「温泉か。毎月となると大変そうだけど、おまえは旅好きだからいいな」

「おみやげ買ってくるよ。またいいところ見つけたら、写真も撮ってくる。飛馬が気に入る場所があれば、いつか案内してあげるから」

「ン。いつかな」

彼氏と行かなくていいのか、とつまらないことを言いそうになってくちを噤《つぐ》んだ。

わざわざ訊くまでもなく、海東なら恋人をいやというほどいろんな場所へ連れまわしているに決まってる。愚問だ。

「この豚まんは？　大阪へ行ったのも旅行雑誌のためだったのか？」

「ああ、いや。大阪は別件だけど、時間もあったし、二泊してゆっくり仕事してきた」

「へえ」

「今回の仕事は、大阪が初めてって人とふたりだったから、案内してあげてさ」

「……へえ」

仕事先にまで彼氏を連れて行くのか。やっぱり非常識な奴だ。

豚まんをたいらげて指を舐めていると、海東は俺から視線をそらして足を組みなおし、

「……飛馬」とまた意味深な低い声で呼ぶ。

「なんだよ」

「飛馬は、大阪へ行ったことあるよね？　前に行ったのは何年ぐらい前？」

「さあ。三年ぐらいかな？　デザイン事務所を辞めてすぐの頃、行った記憶がある」

「そうか。なら、もし機会があったら俺とも行こうよ。地下の『なんなんタウン』におい

しいたこ焼き屋と串揚げ屋があるから、飛馬に食べさせてやりたくて」

……また、意味のない約束か。

「いいよ。機会があったらな」

「ン、機会があったら」

くるりと椅子をまわしてコーヒー缶を歯で噛《か》んでおさえ、デスクの上からティッシュを取って指を拭った。

喉《のど》に蟠《わだかま》りを引っかけたような海東の煮え切らない態度と、知れば知るほど非常識なあたりに苛立つ。俺みたいな恋愛経験皆無な奴の常識の方が偏ってるのかもしれないけどな。

まるめたティッシュをゴミ箱にぽいと放ったタイミングで、海東が唐突に立ちあがって「そろそろ帰るよ」と切りだした。

え、と見返すと、どことなく落ち込んだ表情で苦笑いしている。

「こんな早朝にきてごめんね。……締切前に、また連絡する」

「……。ああ、わかった」

俺も缶コーヒーをデスクに置いて椅子を立った。玄関へ向かう海東についていく。

海東のシャツの淡い緑色と、背中から漂う緩やかな精悍《せいかん》さと、俺たちの足音と声。なんかもやもや釈然としない。

「そういえば同窓会の案内きてたけど、飛馬はどうせ行かないでしょ」

「行かない」

「はは。大澤が〝出欠席のハガキぐらいよこせ〟って呆れてたよ」

「あいつなら俺に案内を送ること自体、無駄だってわかってるんじゃないのか」

「言えてる。でも久々に顔見たかったみたい」

「見せものじゃないって言っとけ」

玄関で靴をはく海東の足下を見下ろした。胸の奥がごわごわ騒いで落ち着かず、溜息ごと吐き捨てたら海東が振り向いた。

「行くね。仕事よろしくお願いします」

「……うん」

視線を合わせたまま言葉が途切れると、ふいに海東の無表情の目の奥から理解不能な嘆きが聞こえてきた。沈黙が俺の心を劈《つんざ》く。

またキスしてくる気か、と予感した刹那《せつな》、海東は下瞼にぐっと力を込めて表情を崩し、突然右手の親指で俺の唇をグイと擦った。

「なムっ、い、いたいだろ、ばかっ」

一度で終わらずに、左手で俺の頬をおさえてさらにグイグイ拭ってくる。

「い、痛いってっ。豚まんの食べカスでもついてたか……?」

抗議も遮られた次には、腰を引いて強引に抱き竦《すく》められた。

……狭い玄関で、海東が痛いぐらい俺の身体を抱き潰す。服ごしに腕と指が食い込んでるし、首筋にも顔を押しつけてくるから痛むし、洩れる吐息は熱い。

なんなんだ……わけわかんないな、こいつは。

海東の肩に顎をのせたまま、ぼんやり天井を見あげて途方に暮れた。こいつの腕に、こんな力があると思わなかった。苦しくて息が詰まりそうだ。

「飛馬……」

数分後、掠《かす》れた声で俺の名前をこぼした海東は、身体を離して無理矢理笑顔を繕うと、

「ごめんね」

と軽く頭を下げて、帰って行ったのだった。


豚まんは一日ひとつと決めて大事に食べた。

次第に減ってくるともったいないなくなって、残り四つになった頃食べるのをやめた。非常時に食べるためだ。

海東は先日の仕事のデザインがあがると取りにきてまた小一時間ほど話をしたが、二丁目で会った夜のことはやはり話題にしなかった。キスもしてこない。まあ、このまま恋人と真面目に付き合ってくれればいいと思う。

ベランダにつうじるガラス窓の横に立って、外の夜空を眺めながら煙草を吹かした。結露したガラスから若干の冷気が浮かんで肌の表面をさす。目を凝らしても星は遠い。

……恋人って楽しいのだろうか。仕事に乗じて大阪、温泉とあちこちふたりででかけてともに行動しても苦じゃないって、すごいな。

海東にとっての幸せが、俺には想像もつかない。

これまでの俺に対する非常識なスキンシップについて謝罪がないのは腹が立ったけど、もういい。

忘れよう。

仕事をしているうちにさらさら時が過ぎて、翌月の半ば、大切にしていた豚まんをひとつ温めて食べていたら永峰先輩がやってきた。

ああ、また真っ昼間から面倒なのがきたな、と思いつつ玄関へ行って迎えると、思いがけずげっそりした顔をしている。

「どうしたんですか」

「……いや、仕事あけで疲労困憊《こんぱい》なんだよ」

「だったら真っ直ぐ家へ帰ればいいじゃないですか」

「玲二……おまえ相変わらず冷たいな。せめて〝大変だったんですね、きてくれて嬉しいですけど、おうちでゆっくり休んでください〟とか言えないのか？」

そんな心にもないこと言えるか。と、切り捨てたくなったけど黙って招いた。

先輩は奥までふらふら歩いていって、ソファーにどさりと座る。項垂《うなだ》れて今にも眠りそうだ。目の下のクマも酷い。窓から差し込む強い日差しに焼かれて、溶けていきそうな気さえする。

「なにか飲みます？　酒はだしませんけど」

「ン～……適当に、なんでもいいや」

「じゃあ麦茶にしますね」

キッチンに入ってグラスに麦茶をそそぎ、デスクに置いていた豚まんを持って先輩のところへ戻った。「どうぞ」とグラスを渡すと、顔をあげた先輩が目を剝《む》く。

「あ!?　おまえ、いいもん食ってるじゃないか、俺にもよこせよ！」

……しまったバレた。

突然元気になった先輩が「どうして中華まんなんて食べてるんだ、秋になったばっかかなのにコンビニで売ってるのか？」とか喚《わめ》いて拳《こぶし》を握り、鬱陶しく詰め寄ってくる。

残り少ないのにまるまるひとつあげるのは癪《しゃく》だったので、

「食べかけでよければ、これあげます。おみやげでもらったんですよ、蓬莱の豚まん」

と、四分の一サイズの豚まんを差しだした。

「これっぽっちかよ」

「文句あるならあげません」

「一個しかないのか？」

「非常食なんで」

「ってことはまだあるんだな、だせ」

やだ。

視線をすぃとそらしたところで、ちょうどデスクに置いていた携帯電話が鳴りだした。いそいそ逃げる背中に「あ、こら」とか文句を投げてくる筋肉ばかを無視して手に取ると、画面には海東の名前がある。

「はい」

『あ、飛馬？　ごめんね、今忙しい？』

海東は明るい声で楽しげに問うてくる。車の騒音や人の足音がまじって聞こえてきて、外にいるのだとわかった。

「忙しくないよ、のんびりしてる。なんの用件？　仕事か」

『仕事じゃないいんだけど……のんびりしてるなら、これから会いに行っても平気かな？』

「急だな」

『名古屋《なごや》に出張した帰りなんだ。飛馬に食べさせてあげようと思っておみやげに風来坊《ふうらいぼう》の手羽先買ってきたんだけど、日保ちするものじゃないから今日中に渡したくて。もう飛馬の家の近くまできてるよ、十分ぐらいでつく』

「うっ、て、手羽先……」

『おいしいよ。手羽先にはビールも合うから、なんなら買って行こうか？　時間あれば、夜にでもゆっくり呑みなよ』

ちらりと振り向くと、ソファーでは先輩が豚まんで膨らんだ頰を揺らして、ハテナと不思議そうな顔をしている。

……昼間からいきなり酒を持ってきてぐでんぐでんに泥酔するこの暑苦しい筋肉の塊と違って、海東の〝ビール買って行くから夜にゆっくり呑みなよ〟という慎《つつ》ましい気づかいと思いやりは胸にじんわり沁みた。

先輩さえいなければ迷わず迎えたのに。しかも手羽先……。

「海東……あのな、実は今、人がきてて」

気落ちした声で俺が告げると、

『あ。――……そう、なのか』

海東は俺より沈んで、傷ついたような声をだした。

「どうした？」

『いや……ううん。ごめん。なら俺が食べちゃうね。邪魔してごめん。——大事な人と、ゆっくりね』

「は？」

その瞬間ピンときた。……おい。おいおい。

大事な人、だなんて妙な勘違いをするとしたら、例の二丁目事件しかないじゃないか。まさかこいつ、俺が一緒にいたこの脳みそ筋肉男を、俺の恋人だって思ってるのか⁉うわ最悪だ。そんなことまったく考えてなかった、っていうか考えたくもないから想像すらできなかった。

屈辱だ。侮辱だ。不愉快すぎて吐き気がする。

「ばか野郎、誰が大事な人だあほが！　却ってタイミングよかったわ、すぐにこい！」

『へっ……でも邪魔しちゃ悪、』

「こいって言ってるんだよ！　そのかわりおまえがどんないやな思いをしても俺はフォローしきれないからな、諦めろよ」

『？　うん？　……わ、わかった。いいなら行くよ。じゃあ、またあとでね』

俺は携帯を切ってデスクに放り投げた。

で、先輩に「今から人がきますんで」とだけ伝えてデスクの横で煙草を吸い、十五分後チャイムが鳴ったのと同時に、灰皿に捻《ひね》り潰して玄関へずかずか直行した。

勢いよくドアを開けると、海東がびっくり眼《まなこ》で息を呑む。

「……な、なに。飛馬、なにか怒ってる？」

「怒っちゃいない。さっさとあがれ」

「や、これ渡しにきただけだから、迷惑ならすぐ帰、」

「あがれって言ってるのが聞こえないのか！」

「お邪魔しますっ」

海東の手には大きなコンビニ袋と手羽先の入った紙袋があった。

靴を揃えてびくびく入ってきた海東は、ソファーにいる先輩を見つけるとピタリと足を止める。先輩の方はあほ面で「どうも永峰です～」などと自己紹介して手を振った。

先輩はあの夜海東が傍にいたことを知らないから、当然海東だけがばかみたいに顔を引きつらせて動揺しだす。

「飛馬……あ、あの人、飛馬の恋び、」

「殴るぞ。俺が昔いたデザイン事務所の先輩だ。単なる下品で非常識で鬱陶しい先輩だ」

一息に説明してやったら、苛立ちがちょっとおさまった。「へ」と目を丸くさせる海東の抜けた表情にも満足だ。

「先輩、だったのか……」

「あーそうだ。単なる先輩だ」

「じゃあ……今は、あの時いい雰囲気だった店員と、付き合ってたりなん、」

殴った。

「いった……っ」

「もう説明はいらないな。ふざけた妄想の詫《わ》びは手羽先でいいよ、大事に持ってきな」

「はい……」

ふたりでソファーに行くと、くつろいでいた先輩は「玲二、お客さんをきた早々殴るなよ」と苦笑いしたけど、無視して海東を紹介した。

「こいつ海東響です。長い付き合いの友人です」

「ほへ～、長い付き合いの友人？」

「出張で名古屋に行ったそうで、みやげを持ってきてくれたんですよ」

海東はテーブルの横に膝を突いてしゃがみ、手羽先の箱をだしつつ頭を下げる。

「押しかけてしまってすみません。これ手羽先です。たくさん買ってきたんで、よろしければ一緒に食べてください」

テーブルの上に置かれた手羽先に、先輩の目がきらっきら輝いた。

「うっわ、うまそう！　やった、今日無理して玲二のうちにきてよかった!!」

いい迷惑だ。

微笑む海東の柔和な横顔には安堵《あんど》があった。その赤く腫《は》れた頬が、ふと気になる。

「そうだ、飛馬、これ温めなおした方がおいしいから、レンジ貸してくれる？」

「ああ……いいよ。おまえついでに適当なタオル濡《ぬ》らして、ほっぺた冷やしてこい」

「はは。うん、ありがとう。じゃあ先にコンビニで買ってきたもの食べててよ。ちょっと時間がはやいけど一応ビールも買っておいたし、つまみも選んできたから」

……先輩と真逆の態度に、うっかり感動した。そして自分がなぜ海東と付き合い続けていられるのか、唐突に理解した。

海東と俺の感覚は似てるんだ。昼間からビールなんて呑まないし、呑むにしたってつまみもなく空きっ腹で乱暴に呑むのは納得できない。

先輩と比べると、海東がすごくまともないい奴に見えてくる。

「ビールがいやなら、ウーロン茶もあるからね」

「うん。ありがとう、海東」

海東がキッチンへ行くうしろ姿を見つめながら、しみじみした。

大人になるにつれ永峰先輩のような人間相手でも〝先輩〟として耐えて付き合い続けられるようになったが、元来俺はその時々の気分でしか他人を欲しない。接点が消えればあっさり疎遠になるから、たとえば大澤や一之宮の携帯番号だっていまだ知らないままだ。

でも海東は違う。どんなに眠たい深夜でも早朝でも〝行っていい？〟と訊かれれば〝くれば〟とこたえられる。そこに仕事の利益が関係なくとも。

今頃気づいた。俺は海東といるのが苦じゃないんだ。

もうすぐ三十だものな……。これだけ生きていればひとりぐらい相性のいい奴が傍にいてもおかしくないのかもしれない。社交的というにはほど遠いけど、自分にもこんな柔軟な面があったなんて、我ながら驚きだ。

ぼんやり感嘆してコンビニ袋のなかの食料をテーブルに並べていたら、

「……なあ、玲二」

左横のソファーに腰掛けている永峰先輩が、俺の顔をにやにや覗き込んできた。

「なんです」

「おまえの彼氏って、海東君？」

「は？」

「長い付き合いって言ったろ？　この前、彼氏は同級生って教えてくれたじゃないか」

……いやらしい目で見やがって。無駄なことばっかり憶えてやがるな。

「彼氏じゃないですよ」

「嘘だ。おまえの対応のしかたが俺と全然違うぞ？」

「当たり前でしょうよ」

「おまえが会社員だった頃いろんな人間と接するのを見てきたけど、それとも違う」

「仕事は仕事ですからね」

「いや、なんかさ、おまえの顔がぼやんぼやんしてるんだよ」

「貴方、擬音でものを説明するのやめた方がいいですよ。意味わかりませんから」

「わかんないか？　なんつうかこう～……でれっと甘ったるい顔してるんだって！」

ばんっ、と肩を叩かれた。はしゃぐな。

「若い頃を知られているぶん、気が抜けるんじゃないですか」

「またまた～おまえ、照れてンだろう？」

「……どう説明したってそうしたいんなら、もう好きなように妄想してくださいよ」

睨みつけると、先輩は「うっふふふふ」とにやけて俺の背中をばんばん叩いてきた。

「どこまでも不愉快な人ですねあんたは……」

特別視しているからと言って、なんでそれが急に恋愛に繋がるんだ。友情でいいだろうが。女子高生かこのおやじは。本当に脳みそ沸いてやがるな。そもそもあんたと比べたら他の人間ほぼ全員、恋人になってしまうわ。

先輩がビールを豪快に呑んで、俺が生ハムを見つけて感動していたら、キッチンからチンと音が響いて海東が戻ってきた。手羽先の箱をテーブルの中央に置き、俺の右横に並んで腰を下ろす。ついでに割り箸《ばし》を先輩と俺の前に差しだすと、

「箸が必要なつまみも買ったから、棚から勝手に持ってきたよ」

と笑顔を浮かべた。すでに生ハムを片手にしっかり持っていた俺はほうけてしまった。

「海東……おまえ本当に気が利くな。どこかの野蛮人と違って」

「おい玲二。それ俺のことか」

「そうですよ」

「野蛮ってなんだよヤバンってっ！」

「あーあーもう、大声だして唾《つば》を飛ばさないでください、汚い！」

俺たちのやりとりを、海東は楽しげに見て笑う。

先輩には苛々するが、ひとまず海東のくだらない疑いが晴れたようで安心した。俺が好く人間ぐらい黙って判断しろと叱ってやりたいけど、まあ我慢してやる。

俺は海東と相談しながら飲みものを選んで、それぞれビールを手にした。

「飛馬はやっぱり生ハム好きだね」

「ン。本当はワインの方が合うけど。これだけはビールでも我慢して食べる」

「はは。なら次はワインを買ってくるよ」

その隙に先輩は手羽先に手をつけて、ガツガツ食べ始めた。イラッとする俺を尻目に、海東はあいたコンビニ袋を広げて「ここに骨捨ててください」と先輩に渡す。

こいつ、こんなに面倒見のいい奴だったっけ。社会にでて変わったのかな。なんにせよ海東の優しさを目の当たりにするたび、先輩の存在がますます不愉快になっていく。

俺たちが手羽先をひとつ食べると奴はふたつ食べ終えている、このペースも許せない。

「ところで先輩は、なぜ疲れているにも拘わらずうちへきたんです」

目も見ずに訊ねると、先輩は顔色を一変させて、

「そうだ。俺はこの間の文句をどうしても言いたくてきたんだ！」

と、手羽先をくちに入れたまま我鳴り始めた。……俺のお気に入りの透明テーブルが、どんどん汚れていく。

ビールを呑んで睨みつけ、受けて立った。

「その件は電話で聞きましたけど？」

「電話なんかで足りるかっ。起きてみたらベッドの横に知らない男が寝てたんだぞ!?」

「添い寝してもらってよかったじゃないですか」

「冗談じゃない！　がっちりした筋肉質の男でなあ、俺に腕枕して、こう……——ああああ思い出しただけでもゾッとするっ」

あの店員、なかなかいい仕事してくれたみたいだな。

「先輩も本当はちょっと目覚めたんでしょう。よかったですね」

「ばか言うな！」

「俺をゲイだと思ってるから〝同性愛は変じゃありませんよ〟って肯定してもらいたかったんじゃないんですか？」

「ンなわけあるかよっ」

また唾が飛んだ。不潔な野郎だな、ほんとに……。

「俺は貴方が男と寝ようと、バター犬の世話になろうと、興味ないんですよ」

「ば、バターって、」

「人間扱いしてほしいなら、まずはテーブルを拭《ふ》いてください」

「うぅっ……こんな後輩……っ」

昼間からビールを持ってきた非常識で下品なこいつに二丁目まで連行され、初対面の店員とキスするはめになった挙げ句、海東に淫乱尻軽男だと誤解されたんだ。そして今日は手羽先をがつがつ食われて、唾をかけられて。

こっちは百パーセント被害者だ。ちょっとは反省しろ。

テーブルを拭く先輩を見て煙草に火をつけ、フンと吸っていたら、海東は横から俺の顔をそっと覗き込み、

「飛馬は、ゲイじゃないの……？」

と、遠慮がちに問うてきた。あのな。

「どんな恋愛も否定しないし、干渉もしない。でも男に惚れたことはまだ一度もないよ。先輩に二丁目へ拉致られたのも、この勘違いが発端だったんだ」

「そう、か……」

海東が軽く俯いて、テーブルの上の手羽先やつまみに視線を落とした。

俺が煙草の灰を灰皿に落とすと、先輩は眉間にシワを寄せて「納得できねえなー」とくちを挟んでくる。

「ゲイじゃないんだったら、男とキスしてるって言ったのは嘘だったのか？」

……こいつ本当に無神経極まりないな。なんで人の複雑な事情を簡単にばらすんだよ。どうせキスの相手は海東なわけだけど、違っていたとしたら俺と海東の関係に亀裂が入りかねない事柄だ。それぐらい判断できるだろ。この人をこんな単細胞に育てた親に会う機会があったら、出会い頭に叱りつけてやりたいわ。

しかも海東という人間は、この筋肉脳の失言を真に受ける単純ばかだ。

「飛馬……いろんな男と、キスしてるのか……」

ったく……。面倒くさくなって、黙って煙草を吸い続けた。

筋肉脳と単純ばかが会話を始める。

「あれ。海東君は知らないの？　こいつセックスしないのに、キスはしてるらしいよ」

「は、はあ……」

「複数じゃなくて、相手はひとりでね。その相手が恋人っぽいこと言ってたんだよ」

「こっ……えっ、恋人ですか！」

「高校の同級生で、同業者って話だよ」

「えっ!?　うっ……――ごふっごふっ」

「あはは、咽せるなよ。そいつ知ってるの？　海東君は思い当たる節ありか？」

左横から先輩が身を乗りだしてきて、俺の右横にいる海東に詰め寄る。

間に挟まれた俺はテーブルに左肘《ひじ》をついて煙草の煙をすぅと吐き、視線だけ海東に流して睨んだ。……わかったろ海東。俺はおまえが想像するようなハーレムつくってられるほど暇人じゃねえよ。おら、この筋肉脳にこたえてやれ。返答によっちゃまた殴ってやるからな。

「いや、俺は……」

海東は目を伏せて溜息をつき、苦笑して続けた。

「飛馬は嘘をつきません。飛馬本人が男を好きになったことがないって言うなら、それが真実だと思います。キスも、同情なんじゃないかな。飛馬、優しいから」

「え～……こいつのどこが優しいんだよ。海東君、ちょっとおかしいんじゃない？」

先輩が肩を落としてソファーの背もたれに寄りかかり「相手は誰なんだ、知りてえ～」とぼやいて唇を尖らせる。

俺は煙草を指に挟んだまま、正面の窓の外を見つめた。きつい陽光のせいで白く霞《かす》んだ青空の情景より、聞いたばかりの海東の言葉の方が心を占める。……知らなかった。

俺は海東に優しくしてきたのか。

それから、ささやかな呑み会は日が暮れるまで続いた。先輩が失礼なことを言えば俺が叱り、海東が笑う。そんな他愛ない会話と酒で、三時間は過ごしたと思う。

先輩が「腹いっぱい食べたし、そろそろ帰るかー」とご機嫌で切りだした頃には雰囲気もだいぶ和み、俺も海東も気分よく酔っぱらっていた。

先輩は食べるだけ食べて満足したのか、さっさとトイレを済ませて玄関へ向かい、

「母ちゃんが夕飯用意して待ってるから急いで帰らないと。海東君、はやくこいよー！」

と、ひとりで騒ぎながら大笑いしてでて行ってしまった。

海東はテーブルの上に散らばったゴミや食べカスをコンビニ袋に入れながら、

「ごめんね、汚したまま帰っちゃうけど」

と、申し訳なさそうに謝罪する。

俺は吸っていた煙草をくちから離して苦笑した。

「おまえにはほんっと惚れ惚れする。あの先輩に爪のアカ煎《せん》じて飲ませてやりたい」

〝他人の家で暴れたら片づけて帰る〟なんて常識が、あの筋肉男の脳からはごっそり抜け落ちている。いい奴はばかの尻ぬぐいをすることになるんだなあと思ったら、海東がいじらしくなって頭をぐりぐり撫《な》でまわしたくなった。

海東の帰り支度がすむと、俺も煙草を消して立ちあがった。ふたりで玄関へ行く。

「そういえば海東、名古屋の帰りって言ってたけど、もしかして車だったのか」

「そうだよ。あ、運転できないから電車で帰るね。車は明日の出勤時に取りに寄るから」

「あー……五、六時間運転しっぱなしで疲れてただろうに、電車って。悪かったな、図体のでかいガキのおもりに長時間付き合わせて」

「ははは。いやいや、平気。今夜は寝るだけだから」

意識がふわふわ揺れる酔い心地のなか、海東の苦笑いがやんわり耳朶《じだ》を撫でた。

車だから呑めない、疲れてる、とつゆほども匂わせずに付き合い続けて。

おまえいつも自分より他人優先だな。

「仕事はどうなの。海東も今は切羽詰まるほど忙しいわけじゃないのか」

「そうだね。明後日の同窓会にも顔だす予定だし」

ああ、明後日だっけ。すっかり忘れてた。

「飛馬のこと、みんなに話してくるよ」

「よせよ」

海東の笑い声につられて、俺も喉の奥で笑う。

玄関に近づいて海東の背中を見ていたら、

「……飛馬」

海東は突然振り向いて足を止めた。酒でうっすら紅潮した顔で、目だけは真剣に真っ直ぐ俺を見据える。

「どうした」

「その……」

「ン」

「あの夜俺が一緒にいた相手も、恋人とかじゃないから」

「ふうん……——で?」

「いや、言いたかっただけだよ。聞き流してくれていい」

こんな奴だ。海東はこういう瞬間、無理矢理に笑う。そんな奴だ。

「〝恋人じゃないなら誰なんだよ〟って問い詰めた方がいいか」

「う……。や、本音を言えば怒られたいけど、強要する気はないです」

「つまらない期待するな」

きっぱり切り捨てたら海東は視線を落として軽く俯き、微苦笑して頷いた。

海東のこういう表情を初めて見たのは、もうずっと遠い昔だった気がする。当たり前のように繰り返し見ているうち、こいつの傷ごと軽視するようになっていた。でも直視したところで、なにがどうなっていたというんだろう。

俺は海東の右肩をポンと叩いた。

「ま、安心したよ。おまえが俺の知ってる、誠実な男のままで」

俺の拒絶には笑うくせに、信頼には息を呑むほど素直に傷ついた顔をする。

矛盾だらけの海東は俺に身体を寄せると、右のこめかみに頰を擦り寄せてきた。そして両腕を俺の腰にまわしてうしろで指先を軽く組み、捕まえる。

「飛馬……」

すこしの強引さもない、互いの体温だけ届け合うような静かな抱擁だった。

今まで友情を抱いていることすら認識していなかった薄情な俺に、こいつはなんだっていつまでもくっついたまま離れていかないいんだか謎だ。本当は、同性愛者でもないくせに。

学生の頃は十代ならではの気の迷いだと思っていた。けど、俺たちはもう二十八だ。本気の恋だとでも言うのか。男同士でも、容易い拒絶じゃ諦めきれないほどの。

「……はやく行かないと、永峰さんに不審がられるかな」

耳元で海東が苦笑を洩らしたから、吐息で耳が熱くなった。

「あんな下品で野蛮な奴にかまわなくていい。放っておけばひとりで帰るだろ」

「そ、れって……もうすこし一緒にいろって言ってくれてるわけじゃ、ないんだよね」

「あの人は俺の荷物だから、直接関係ないおまえに迷惑をかけるのがいやなんだよ」

「俺は気にしてないよ。永峰さんはいい人だと思うよ」

「は？　天然で無神経でたちが悪い。どこがいい人なんだよ」

「酷いなあ……まあ確かに、今日呑んでみて飛馬が苦手なタイプだってことはわかった」

「遅い。おまえが俺とあの筋肉ばかの仲を勘違いしたことは、一生根に持つからな」

「んー……でも飛馬は嫌いな人とは会話もしないのに、永峰さんにはなんだかんだ言って素顔を晒《さら》してるよね。俺には甘えてるようにも見えたよ」

「また殴られたいみたいだな」

横にある海東の耳を睨むと、海東は顔をあげて俺の顔を覗き込むように至近距離に近づいた。唇と唇が触れる寸前で、

「……大事なんだよ」

と呟くと、そのまま俺の唇を吸う。

酷く熱い唇だった。酒のせいか、と考えながら海東の睫毛《まつげ》を見た。

「俺は飛馬だけだよ。……飛馬だけ」

やめろ、と。俺が言わなければいけないことに気がつく。

海東が俺の傍に居続けるのは、きっとこの唇のせいだ。恋愛感情はないんだと訴えていればいつか飽きると信じてきた俺が、海東を苦しめている。傷つけているんだ。

「海東、今は彼女いないのか。おまえの性格なら、いくらでも言い寄ってくる奴がいるだろ。いい歳なんだから、正しい恋愛をして、自分の将来をちゃんと考えろよ」

「ン……」

俺が知る世間一般的な感覚では、誰もがだいたい二十五歳前後で結婚を意識し始める。三十歳になる前に子どもをつくって、家庭を持つことを考え始める。そして男が男を好き

になるのは、常識的じゃない。

俺と同じ感覚を持つ海東ならわかるはずだ。普段から取材で飛びまわって多くの人間と接しているぶん〝結婚しないの？〟と訊かれる場面も多々あるだろう。

それに海東は小学生の頃に両親を事故で失って、父方のばあちゃんとふたりで暮らしてきた。けど今ではそのばあちゃんも亡くなって、親戚もおらず天涯孤独だ。俺みたいな甲斐性なしと違うんだし、家庭を持つ父親になった方がいいんじゃないか。

「なあ、海東。おまえは俺に執着すれば人生が狂うだけだ。もう十分思い知っただろ？」

精一杯の優しさと思いやりを届けたつもりで海東の目を見たが、返ってきたのは微苦笑だった。

俺の言葉にこたえないまま手を離し、

「次はこの間話した旅行雑誌の連載のラフがあがった頃、連絡するね」

と明るく言って身を翻《ひるがえ》すと、靴をはき始める。爪先がぎこちなく震えて靴に上手く入らず、すこしうずうずしてから玄関におりた海東は、

「じゃあ、またね。おやすみ」

と情けなく笑って帰って行った。

忙しなく生活して山を乗り越え、やっと一息ついた頃にはまた一ヶ月経過していた。

三時間眠って起きた午後二時、俺は寝ぼけたまま冷蔵庫の前でじっとかたまった。

冷凍室を開けては、数秒覗いて閉じる。

……豚まんは最後のひとつ。食べるか。食べるまいか。

悩んで考えて、目を閉じて寝て、はっと起きて、また冷凍室を開けて、閉じて、悩む。

そうして寝ぼけたまま突っ立っていると、空腹感に疼《うず》く胃腸の底から甘いものを欲する唸《うな》りが迫りあがってきた。同時にふと脳裏を過ぎったのは、海東のばあちゃんがつくってくれた手づくりおはぎ。適度な甘さと、米粒のかたちが残ったごつごつしたお餅《もち》の味を思い出したら、舌の奥からじわじわ唾液が滲んできた。

俺が高校の頃に好きだった場所は、学校の屋上と、帰りの電車内と、海東の家だ。ばあちゃんとふたり暮らしだった海東の家は、昭和の香りを残した木造家屋でとても居心地がよかった。

スライド式の引き戸をがらがら開けてお邪魔すると、一階の居間のこたつでばあちゃんが座椅子に正座して、じっとお茶をすすっている。置物なんじゃないかと疑いたくなるほどいつも同じ姿勢で動かないのに、俺が横に座ると黙ってお茶やお菓子をだしてくれた。

無くちなばあちゃんを、俺はすぐに好きになった。話しかければ短くこたえてくれるし、年の功っていうのか、たまに驚くほどためになる話を聞かせてくれて勉強にもなった。

大澤の家は兄弟がやたら多くて小学生の弟が喧しく、一之宮ぼっちゃんの家は親が異常なぐらい過保護でどうにも馴染《なじ》めなかったが、海東の家の静けさと重たすぎない温もりは、俺に心からの安堵をくれた。ばあちゃんが亡くなったのを知った時は、生まれて初めて他人を想って泣いたものだ。

おはぎ、おはぎ……と心のなかで呻《うめ》いて寝ぼけて冷蔵庫に額《ひたい》を押しつけ、もはや空腹なのかすらわからなくなってきた頃、玄関のチャイムが鳴った。

ふらふら歩いていってインターフォンに「はい」とでたら、

『……あれ。あ、海東です』

との返事。

「海東……？　なんの用事」

『えっ。仕事の件で、今朝方〝午後行くよ〟って電話したでしょ？』

「ん？　……そうだっけ」

『「今から寝る」って言ってたけど、もしかして起きたばっかり？』

「ンン……まあいい。今行く」

仕事……ああ、旅行雑誌の連載二回目のデザインだっけ……と、ぼうっと考えながら玄関へ向かってドアを開けた。

海東はいかにも〝昼間です元気です仕事頑張ってます〟という爽《さわ》やかさで立っている。

「あ、すま……寝ぐせ酷いし、洋服もパジャマのままじゃん……」

指摘されて見下ろしたら、自分が着ていたのは柔らか生地でお気に入りのブルーのパジャマ。後頭部にも髪がはねているような違和感があった。

「ああ……ごめん。確かに仕事する格好じゃないな、着替えてくる」

「あっ、ごめん、いいよいいよ。……かわいい」

「なんか言ったか」

「すみません、なんでもないです」

会話を交わしたことで目が覚めてきた。またデスクまでふらふら移動して椅子に腰掛けようとすると、海東は俺の腕を摑《つか》んで引きとめ、

「奥のソファーでいいよ。ラフを渡すだけだから、ゆっくり座って話しても問題ない」

と微笑む。落ち着く笑顔だった。

黙って頷くと、手を摑んだままソファーに連れてかれた。促されて腰掛けるものの、気《け》怠《だる》さが消えない。まだ身体が睡眠を欲してるみたいだ。おはぎも。

右横に座った海東は茶封筒をテーブルの上に置いて、俺の顔を覗き込む。

「大丈夫？　ほら、また差し入れ持ってきたんだよ、紅茶」

「……うん、飲む」

「何時間ぐらい寝たの」

「三時間ぐらい……？　最近あまり長時間眠れないんだよ、寝ても変に疲れたりする」

海東がコンビニ袋から紅茶のペットボトルをだして、蓋《ふた》を開けてくれた。「ありがとう」と受け取って飲むと、身体のなかが冷えてすっきりしていく。でも頭の働きはいまいち。

透明テーブルに日差しが反射して淡く輝くのをぼうっと眺めていると、海東は身体を寄せて心配そうな顔になる。

「もうすこし寝る？　寝てる暇がないなら、横にいて一時間ぐらいしてから起こそうか」

……どれだけ面倒見いいんだ。

「いいよ。仕事は一区切りしたところだから、おまえが帰ったらまた寝る」

「じゃあすぐおいとまするね。仕事の方もラフ見てもらえば問題ないと思う。二回目でフォーマットはできてるし。――ポストに入れて帰ればよかったね……ごめん」

本気で申し訳なさそうに言うから、俺は目を擦りながら笑ってしまった。

「おまえ、気づかいすぎだよ。仕事なんだから〝連絡しておいたのに起きてないとはなにごとだ〟って怒ってもいいぐらいだろ。他社の担当だったら、パジャマで出迎えた時点で心証悪くして仕事失う」

「確かにけじめは必要だけど、水くさいよ。俺はいやならいやって言ってほしい」

「おまえといるのはいやじゃないよ。永峰先輩だったら居留守つかうけど」

頭のなかに、まるで昨日のことのように永峰先輩の下品さが蘇ってくる。無駄にでかい

声と、俺の大切な透明テーブルを汚した唾。手羽先は誰より一番多くたいらげやがった。テーブル
「あー……思い出したら先輩が座ってたこのソファーまで汚く感じられてきた。テーブルも洗剤使って、またきれいに拭きたい。大掃除したい」

「それってすでに毛嫌いの域に達してるよね……」

ふたりで苦笑いすると、空気がふんわり揺れた。身体をズラしてソファーに沈むように身を委ね、黄金色に霞む昼下がりの室内を眺めて紅茶を飲む。

海東の低すぎないやわい声が心地よかった。会話をとめても、横にいる確かな存在感から日だまりのような温もりを感じて安心する。外から鳥の鳴き声も聞こえてきて、なんだか森のなかにいるような錯覚を抱いた。

「……海東、大木みたいだね。寄りかかって寝たくなる」

「えっ、木？　木ほどしっかりしてないでしょ……そういえば高校の時は、飛馬によく肩かしたね。膝枕もした。あの頃の飛馬はいつも寝てたなあ」

「狭い教室に大人数で詰め込まれて、拘束されるのがいやだったんだよ」

「わかる気がする。飛馬は昔から自由で気丈で強い。一匹狼で格好よかったな」

は？　と振り向いたら、海東は俯き加減に目を伏せて、照れくさそうに苦笑した。

「……憧《あこが》れてたんだよ。ものにも他人にもはっきり好みを意思表示できて、孤立したって平然としてるところが、自分と真逆だなあって」

「おまえには俺がそんなふうに見えてたのか」

「そうだよ。硬派かと思えば、肩枕とか膝枕とか求めて甘えてくれて、かわいくて。飛馬の存在に支えられてた。俺は寂しがりやだからさ」

「かわいい？」

海東をまじまじ凝視すると、俺の視線を意識して僅《わず》かに動揺し、右手の人差し指で唇をさすった。耳が赤くなっていく。

他人が自分に対して抱く印象は未知だな、と思う。

若い頃の俺は団体行動ができず、思いやりという妥協を面倒くさがって、人付き合いをとことん嫌った。社会不適合者だと蔑《さげす》まれるならまだしも、格好いいわけがない。

おまえの方が格好いいし、かわいいよ海東。

寂しがりやだなんて、格好悪いことをさらっと言えるところ。

「飛馬は実家にも帰りたがらなかったよね。ほとんど毎日どこかに寄り道して、俺のうちにも頻繁にきてくれてさ」

「……ん。おまえのうちが一番らくだったよ。ばあちゃんのおはぎが食べたい、今すぐ」

「はは。ばあちゃん飛馬のこと好きだったもんなあ……しょっちゅう朝からひとりでおはぎつくってたんだから。俺、飛馬が心を許した人ってばあちゃんぐらいしか知らないし」

「初恋で、両想いだ」

「え――……」

また互いのくちから笑みがこぼれた。

海東の横顔がふわりと綻《ほころ》んで、目尻に小さなシワができる。その困ったような優しげな笑顔には海東だけが放つ独特な熱があって、見ていると心が和らいだ。緩く隆起する喉仏のかたちもとてもきれいで、昔はよく無遠慮に撫でたなと振り返る。……大人になるにつれ、あんなじゃれ合いができなくなったのはなんでだろう。

懐かしい記憶を掘り起こしたら、卒業式の日のことまで自然と思い出した。

式のあと、海東は俺を体育館の裏へ引っ張って行ってキスした。俺の名前を繰り返してキスして泣くこいつに、ぎりぎり抱き締めて縛られても黙って、横のプールの壁にある時計を眺めながら付き合った時間は十一分。

おまえにも十分心を許してただろ、と言って笑おうとしたら、

「――飛馬。俺、今日報告したいことがあったんだよ」

「ん？　報告？」

「俺ね、実は結婚することにした」

一瞬、空気が張り詰めた。海東は膝の上で指を握り合わせて微苦笑している。

「先月の同窓会のあと、大澤が女の子紹介してくれて。……会ったら、好きになった」

「それで、もう結婚か？」

「うん。ほら、えーと……芸能人なんかでも、出会って一週間で結婚の約束をしたとか、たまにあるじゃない?」

「おまえは芸能人じゃない」

「うっ。まあ、その……大澤は俺のタイプをわかってるから……趣味も合うし、料理もできるし、なにもかも完璧で。ずっと一緒にいたいってすんなり思えたから、決めた」

「……ふうん。ふたりとも納得してるならいいんじゃないか。おめでとう」

海東は言い訳するようなぎこちない口調で説明した。俺が怒るとでも思っていたのだろうか。もしくは、傷つくと。

「幸せになれよ。いい人に出会えてよかったな。ばあちゃんも、おまえのことひとりにしてしまって、あの世で心配してたろうし」

寝ぼけ眼のまま微笑みかけてやると、海東は俺の顔を見返して表情をなくし、やがて視線をそらして再び俯いてから、

「……うん」

と、深く頷いた。

窓の外から子どもの笑い声が聞こえた。小学生は下校の時刻なのかな。

ささやかな沈黙がとおり過ぎたあと、海東は両手をきつく握り締めてことさら明るく続けた。

「……結婚式は、海外で内々にすませることにしたんだ。帰ってきたら大澤が友達集めて祝ってくれるって言ってたから、飛馬もきてくれる」

「いいよ。日にちが決まったら知らせろ」

「ン、わかった。ありがとう」

そしてまた言葉が途切れた。

海東の喉がぐぐと二度上下する。ここ、もう俺は触っちゃいけないんだな。漠然とした実感が浮かんできて、海東と自分の関係が確実に変化したことを自覚した。

「……飛馬も、幸せになってね」

紅茶を飲んだ。それから、豚まんの最後のひとつは当分食べずにとっておこう、と急にそんなことを思った。


月初め、あんまりに眠くて限界で、椅子からすっと立ちあがると、フローリングの床に崩れるように転がった。

「……つらい」

疲労を声にして吐きだせばらくなるかと期待して、ぼそぼそ呟きながら寝返りを打つ。かたい床に頭と背中が擦れて痛い。天井を向くと蛍光灯が眩しいし呼吸しづらいから、横を向いて腕で目を覆い、瞼の裏の暗闇を睨みつけて頭痛が消えるのを待った。

座っていると疲労がのしかかってくるけど、横になってると浮遊感があって身体が若干軽くなる。でも肩がこったみたいで酷く痺れた。目の奥も突き刺さるような痛みが疼く。

「寝てしまいたい……」

すでに空腹感もとおり越して、怠さと眠気しか残ってなかった。生気が抜け落ちて干涸《ひか》らびた身体を呆然《ぼうぜん》と持て余す。腕を前にのばして長い溜息をつきながら目を開いたら、正面にある段ボール箱に気づいた。先日ボックス買いしたフィギュアだ。……そうだ。眠気覚ましにちょっと組み立てよう。

選んだのはガチャガチャのおまけで、段ボールを開けるとカプセルが六つ入っていた。

また寝転がってカプセルをひとつずつ開けつつ、パーツを組み立てる。成人向けゲームのキャラクターで、みんなありえないデザインの服を着て、あられもない格好をしてる。

「……靴下はくのに、パンツ見えるほど足あげるばかがいるか」

文句を言う。けど足のラインがきれいだから許す。

朦朧とするなかカチカチ組み立てて周囲に並べていき、シークレットの半脱ぎの女の子をつくって眺めていると、ふいに携帯電話が鳴りだした。

壁にかけてある時計を確認したら、夜十一時。目を擦って起きあがり、デスクの上の携帯電話を取ると、画面には知らない番号が表示されている。

警戒して「……はい、どちらさま」とでたら、

『飛馬？　俺だよ、大澤』

ああ、学級委員長だ。

「大澤か……久しぶり」

『久しぶりだな。声に元気がないけど、仕事忙しかったか？』

「すごく」

『あはは。そうか、じゃあすぐ終わらせるから、ちょっと時間くれるか』

懐かしい声を聴いて、不思議な気持ちになった。挨拶程度の近況報告を交わして、大澤が結婚して子どももいて、充実した毎日を過ごしているんだと知る。堅実なパパさんは俺が億劫《おっくう》そうに話すのを察してくれたのか、さらさら要件を続けてくれた。

『――でな、海東の結婚祝いの件、本人から聞いてるだろ？　俺が幹事することになったから飛馬にも連絡したんだよ』

「幹事か。おまえらしいね」

『友達の幸せは祝ってやりたいからな。飛馬の携帯番号も海東から訊いたんだよ。勝手にすまない』

「かまわないよ」

『ありがとう。あいつ今月末に海外へ式挙げに行くから、集まるのは来月にしたいんだけ

ど、飛馬はいつ頃なら時間あるんだ?』

「毎月半ばは少し時間あくけど……式って、そんなにはやいのか。海外で結婚するって、簡単に予約とれるんだな」

『……。まあ詳しくは訊かなかったけど、順調にすすんでるとは聞いたよ』

「ふうん」

立っているのがいやになってきて椅子に腰掛けた。左手に持ったままでいたフィギュアをキーボードの横に置いて見つめ、くちを結ぶ。

『じゃあ、来月十二日の金曜日あたりならどう?　夜七時から、高校のあったO駅前の居酒屋「黒船《くろふね》」』

「ん……あそこら辺行くの久々だな」

『思い出に浸れそうだろ?』

「ほとんど憶えてないけど」

『寂しいこと言うなよ』

大澤が洩らす爽やかな苦笑いを聞いて、重たい瞼を閉じた。顔の緊張が緩むのと同時に眠気が襲ってきた。溜息が無意識にこぼれる。

『飛馬……?』

「ン、なんだ」

『……おまえ、海東の結婚ちゃんと祝えるのか』

世界は時々しようもないタイミングで唐突に止まったりする。

大澤の言葉の意味を一瞬理解できなかったのに、意識が眩暈《めまい》を起こしたように揺れた。

「なにが言いたいんだよ」

『おまえは海東のことが好きなんだろ？』

呆れでも怒りでもない奇妙な気分になった。恋愛自体別次元のものだと思ってるのに、自分の行動のなにがそんな勘違いをさせたのか皆目見当がつかない。大澤が見てきたのは本当に俺なのかとすら疑う。

『おまえらがキスしてたから言ってるわけじゃないぞ。むしろキスに関しては感情がないからできるんだと思ってた』

「わかってるんじゃないか」

『そういう肉体的なことじゃなくて、メンタルな話だよ。……他人に目もくれなかったおまえが、唯一一緒に居続けてるのは海東だけじゃないか』

「今は仕事仲間だからな」

『それでいいのか？』

いいもなにも。

「駄目な理由がわからない。なんでこの感情を恋愛にしなくちゃいけないんだよ。友だちで納得できないなら、親友でもいいよ。俺はあいつを親友だと思ってるよ。そんなこと外野に不満に思われても困る」

『あのな、』と、大澤の声が怒りをはらんで荒くなった。

『俺が不満に思うのは、おまえが海東の気持ちを知ったうえで一緒に居続けたからだよ。ふってやる思いやりだってあったのに、なんでずっと放っておいたんだ』

息が詰まって下唇を嚙む。

大澤は正しい。無知なのを言い訳に、俺は海東の感情を無視し続けた。あいつの目に優しさとしてうつった態度も、結局は残酷な裏切りでしかなかったんだと思う。

「……うん。甘えすぎた。あいつが結婚相手見つけてよかった。幸せになってほしい」

海東の幸福もわからないまま、祈りをくちにした。

でも遅すぎたぐらいだ。同窓会の前、俺は〝正しい恋愛をして自分の将来をちゃんと考えろ〟と言った。〝俺に執着すれば人生が狂うだけだ〟と。たったそれだけで海東は変われたんじゃないか。

本当はもっとはやく、ああするべきだった。縁を切ってやるべきだったんだ。

『……そうか』

大澤は長いこと黙ったまま、なかなか電話を切らなかった。しかたないので、俺はさよならを切りだされるまで目を瞑って、時計の音に耳を澄ませた。

数日後、午後二時をまわった頃にまた永峰先輩がやってきた。

今回は数時間後に締め切りを控えていたので、さすがに相手をする気になれず「帰ってください」とインターフォン越しに突っぱねたが、

『おまえ、先輩に向かって帰れとはどういうことだよ！　忙しいにしてももうちょっと言い方があるだろ。せっかく差し入れ持って会いにきてやってるのにふざけんな、おい！　五分で帰るからひとまず開けろよ、玲二！』

とインターフォンも不要なほどの大声で怒鳴ってくるから、近所迷惑を懸念して苛々髪を掻《か》きむしりながらドアを開けた。

いざ対面した先輩の手には、コンビニでなにやら大量に買い込んできたらしい袋がひとつ。……うんざりだ。

「頼みますから静かにしててください。本当に切羽詰まってるんです。同じ仕事してるんだからわかるでしょう」

「切羽詰まってるのはおまえの仕事のしかたが悪いからだろ〜。社会人になったら行動の全部が自己責任って、昔教えてやったよな？　……と、いうわけで、おまえが俺を家に招いたのもおまえの責任だから、締切ぶっ千切っても俺のせいにするなよー」

得意げに言って肩を竦めた先輩は、部屋に入ってくるなり「うわっ、なんだこの段ボールの数！」と飛び退いた。

フィギュアの段ボール箱は、先日からさらに増えて室内にところ狭しと積みあがっている。だいたい三箱ずつの山が、仕事用デスクの周囲にびっしり。

「どれだけ買ってるんだよっ」

怒鳴って歩いて行った先輩が、箱に膝をぶつけて山を崩した。それをなおしもせずに「ざっけんなよ」と文句を吐き捨ててソファーへ勢いよく腰掛ける。一瞬ぼふっとはち切れんばかりに膨らんだソファーを無視して、鼻歌をうたいながらコンビニ袋からだしたのはビールだ。

——ビール。またビールか。

とうとう腹を立てる気力も失った。

とにかく仕事をしようと決めて〝部屋には自分ひとりだ、ひとりだ〟と心の奥で叫びつつ集中しようと努める。でもしばらくしたら、今度は勝手にテレビをつけた先輩の大笑いが耳を劈いた。

奥の部屋からノイズキャンセリングヘッドフォンを持ってきて耳にあて、音楽を聴いてパソコン画面を睨み続けるも、寝不足で意識が朦朧としてるし、頭痛と空腹感も激しくて思うようにすすまない。操作に突っかかっては苛立ちが増して、胃の奥を掻きまわした。

駄目だ、簡単な色設定さえ間違える。緑を使いたいのに、なんで赤なんだ。左手で腹をおさえた。先輩の存在がちらついて、笑い声がほんのすこし聞こえるだけでもマウスとペンタブを叩きつけたくなった。気分が悪くて吐き気がする。

するとしばらくしてヘッドフォンの音楽の向こうからチンという音が僅かに聞こえた。え、とソファーを見たけど先輩はいない。弾かれたように背後のキッチンを振り向いたら、レンジの前で「あ～あ」と肩を落としていた。

さあっと血の気が引いて、ヘッドフォンを投げ捨てて駆け寄ると、

「玲二ぃ、な～んかカッピカピになっちゃったよ」

……レンジのなかには、水に浸さず乱暴に温められた無惨な豚まんがあった。表面が乾いてかさかさになり、触らなくてもわかるほどかたく変形している。

あまりの絶望感に、ただただ愕然《がくぜん》とした。脳天が痺れて眩暈がする。

「……どうして、」

「あん？」

「どうして……こんなこと、したんですか」

「見つけたから食おうと思ったんだよ。おまえやっぱり隠し持ってやがったな～」

悪びれたようすもなく、先輩がにやにや笑って肘でつついてくる。そのはしゃいだようすが心底不愉快で、憤懣《ふんまん》が沸騰して体内でうねりだした。極力、声を押し殺して言う。

「……最後のひとつだったでしょうよ」

「最後のひとつだから食うんだろう?　はやいもん勝ちだ」

「貴方はつくづく野蛮な人ですね」

「おまえ、年上をばかにするような言葉つかうのやめろって」

唇が震えて歯を食いしばった。爪先から髪の先までじりじり満ちていく怒りを、拳をきつく握り締めて精一杯堪《こら》える。

「この豚まんは、残しておきたかったんですよ」

「うわ。食べものの恨みは怖いってか。ちっぽけな男だなあ〜……」

「大切に食べたかったんです、これだけは!」

「誰が食べようと同じだろ?」

「違う!!　だいたい、こんな温め方をして壊してしまって……っ」

「面倒くせえな、ぐだぐだ言いやがって〜。どうせお互い食べられなくなったんだから、お相子だろうが」

気づいたら先輩に摑みかかって殴っていた。

「なにがどう相子なんだ!　大概にしやがれこのクソ野郎が!!」

頰をおさえてよろめいた先輩が、俺を睨み返す。そして素早く俺の左手を摑みあげて
「力で勝てると思うのか?」と束縛してきた。

体育会系の単細胞は限度を知らない。彼は俺よりタッパもあるし、腕も脚も太い。やられる前にやらないと負ける、ともう一度右手を振りあげたら、その手も摑んで引き寄せられた。

酒くさい先輩の顔が至近距離に近づいてきて、唇を食われる。

「やっ……め、ろ!!」

キスなんてもんじゃない。問答無用に舐めまわされた。

顔をそむけて抵抗しても両手で顔をおさえられて、舌で口内まで嬲《なぶ》られる。生暖かい舌と唾液にまじる酒の味が気持ち悪い。嚙み千切って吐き捨ててやりたい。

引き剝がそうとして髪と耳を引っ張って暴れても敵わず、もう形振《なり》りかまわず思いっきり脚を振りあげて膝で股間《こかん》を蹴ってやったら、呻き声をあげた先輩に投げ飛ばされた。

「……玲二、おまえ……いくらなんでも……っ」

床に転がった俺はシャツの袖で唇をがむしゃらに拭いた。

汚くてどうしようもなくて、自分が汚れた気がして寒気がした。

悔しくてしかたなくて、自分の身体の弱さが情けなくて、目の奥まで猛烈に痛む。

このシャツもこのままゴミ箱にぶち込んで捨てよう。洗濯機にかけたらほかの洗濯ものまで汚れてしまう。

「いっ……うぅ……っ、玲二、くそいってぇ……っ」

なにしてるんだ。本当にばかみたいだ。豚まんひとつになんでここまで腹を立ててるんだ。豚まんなんかに今までこの人に対して耐え続けてきたことすべてを壊す、どんな価値があったっていうんだ。くだらない。なんなんだ。……なんなんだ。

 急に冷静になって目を開けたら、足下の方で先輩が間抜け面して悶えていた。うう、とか、痛い、とか呻きながら股間をおさえて縮こまっている。

 惨めで情けなくて、今度は怒りも悔しさも超えて笑えてきた。

「笑ってないで助けろよ……っ」

「そこを舐めろとでも言いたいんですか」

「お……いいこと言うじゃないか」

「引っこ抜いて踏み潰してやりたいところですけど、触るどころか見るのもいやです」

「おまえなっ」

 キッチンの床が背中を冷やすのに、胸は再び怒りに熱する。

「あんたみたいな汚い人、大嫌いだっ!! 汗臭いし唾をやたらめったら飛ばすし笑い方も下品だし、無神経で他人の気持ちをちっとも考えられない、自分が好きなものは他人も好きだって信じ込んでる天然単細胞!!」

「こ、言葉の暴力の方が傷つくわ……!」

「ちょっとは自覚してください。人間なんて嫌いな人間は黙って見捨てる冷たい生きものなんですよ。わざわざ指摘してくれるいい人は俺ぐらいなもんです」

「く、クソ」

「しかもキスのしかたも野蛮すぎる。人の唇をべろべろ舐めるばかがいるか下手くそ！」

不快感すべてぶつけてやったら、ようやく落ち着いてきた。でもまだ立つ気力がない。

天井を呆然と眺めて、擦りすぎた唇の痺れが引くのを待った。海東の唇の優しい感触が脳裏を過ぎる。

二度瞬きをして深呼吸すると、先輩のキスには素直な抵抗感を抱いた自分の心情の不可解さに、やっと気がついた。


仕事が落ち着いた頃、海東から電話がかかってきた。

『今月は忙しいから締切はやめにお願いしたいんだけど、いいかな？』とのことだった。

『ゆっくり話してる時間もなくて、申し訳ないんだけどラフはポスト投函しておくね』とも言われ、俺は、結婚式があるからか、と納得して了承した。

そして二十日の深夜三時にデザインを取りにきた。

「こんばんは、飛馬。また眠そうな顔してるね」

「……無理して起きてた」

「え、無理？」

「今夜はとくに急ぎの仕事もないから、おまえのことだけ待ってたよ」

「うわ、悪いことしちゃったね……すぐ帰ります……」

なかへ招くと、海東は部屋を見た途端「わっ」と声をあげて足を止めた。

「す、すごい数のフィギュアだな……どうしたのこれ」

デスク周囲の床には、先程まで俺が組み立てていたフィギュアがあった。まだ未開封の段ボールとゴミ袋がキッチン側の壁の隅にある以外、部屋の床三分の一ほどがフィギュアで埋まっている。

無心でつくっていたので、改めて見下ろしたら自分自身すこしびっくりした。ちょっとした店みたいだ。

「ごめん。これぐらいしか暇を潰すものがない」

それにこうでもしないと、なんだかおまえのことばかり考えて。

「いやいや、そんな。こんなにたくさん見たの初めてだったから驚いただけだよ。好きなシリーズ、一気に発売されたとか？」

「べつに」

海東の困惑があからさまに見て取れる。

「かわいいフィギュアが、たくさんあったの？」

「適当に選んだ」

「え。いつも『素晴らしい造形のものを厳選して買ってるんだ』って怒るくせに」

「適当に選んだけど、そのなかでも厳選はしてる」

「そ……そっか」

後頭部を掻いて苦笑した海東が、フィギュアをよけて歩いて行った。爪先をつける箇所を慎重に選んで、よろよろ揺れる背中。フィギュアに理解がなくとも、海東は俺の趣味として認めてこうして大事に扱ってくれる。どこかのガサツな野蛮人と違って、段ボールを落としたまま無視するような無神経さはない。

フィギュアの島を越える寸前でとうとう一体の魔女っ子を足に引っかけて倒したが「あっ」と慌ててしゃがんで手にとって、とんがり帽子を撫で始めた。

「ごめんね、痛かったね……」

俺は思わず吹きだしてしまった。

予《あらかじ》め用意していたデザインのプリントをデスクの上から取って、フィギュアを踏まないように海東のところへ行く。

「おまえ優しいね。フィギュアに謝る奴なんて初めて見たよ」

なんかほっとする。ああ、俺の知ってる海東だなあ……と、感じ入る。

「優しい？　どこが」

魔女っ子を置いて立ちあがった海東は、手をさしのべて俺の腰を引き寄せた。

その手の温かさに、心が冷えた。海東の胸のなかに入って顔をあげると、いつもと変わらない柔らかい笑顔で俺を見つめている。

「？　飛馬、ぼうっとしてどうしたの？」

「……いや」

おまえはまだ、俺に触るんだな。

「デザイン、プリントしておいた。問題ないと思うけど一応確認して」

「ン。今回迷惑かけてごめんね。ラフもちゃんと渡してる時間なくて……」

「べつにいい」

「締切もはやくしてもらっちゃって、本当に申し訳なかった。月半ばなら時間あるかなと思ったんだけど、休みが減っちゃったよね？」

「心配ない。どうせ休んだところで、フィギュアつくるぐらいしかすることもないし」

床に腰を下ろして、海東にプリントを渡した。海東も俺の横に腰掛けて受け取り、眺めながら会話を拾う。

「外へでかけるのは、いやなの？」

「散歩はたまに行くけど、なにするでもないし」

「散歩するだけでもいいと思うよ。飛馬はきれいな景色見るの好きだもんね」

「ン。――……好きだ」

声に余分な熱がこもった気がした。

プリントから顔をあげた海東が、目をまるめて俺を見る。俺は両脚を抱えて膝の上で腕を組み、そこに顔を伏せて横目で海東を見返した。眠くて、なにをするでもなくただ海東が言葉を発するのを待つ。

深夜の静けさのなかに、視線だけの饒舌《じょうぜつ》な会話があった。外の音も無意識に遠のいて聞こえなくなる。なのに互いの感情や思惑はぼやけてあまりよく見えない。

やがて沈黙を切ったのは海東で、閉じていた唇を薄く開いて微苦笑した。

「……今度面白い店に行かない？」

「どんな」

「この間大阪に出張した時、友達のカメラマンが同行したって話したじゃない？」

「知らない」

「あれ、言ってなかったっけ。飛馬に豚まん買ってきた時の話だよ」

「ひとりじゃなかった、とは聞いた」

「そう。その相手、カメラマンだったんだよ。あの仕事は俺が写真担当しなかったから」

……ふうん。本当に彼氏じゃなかったのか。まあ彼氏がいたら、結婚しないか。

「では、そのカメラマンが行きたい店があるって言うんでついて行ったら、流行のメイド喫茶だったんだよ。だけど、なんかこう……普通のメイドさんじゃなくて、ミリタリー系っていうの？　ああいう柄のメイド服着てるの」

「へえ」

短くてふわふわした迷彩柄のスカートをはいた女の子たちが〝おかえりなさいませ、ご主人様〟と愛想笑いで迎えてくれる喫茶店を想像する。

前にテレビで、いかにも〝オタクって気持ち悪いですね〟といったニュアンスで特集してるのを観たことがあるけど、海東の笑顔には偏見も蔑視《べっし》もなく単純に〝新鮮で楽しかった〟と書いてあって和んだ。

海東が昔ライター仲間のつてで声優雑誌の記事を書いていたのも知ってるが、彼のなかにはもとから差別とか軽蔑という感覚がないように思う。

鈍感でばかだからじゃなくて賢くて強いから、下世話な価値観に簡単に引きずられないんだ。自分が知らない世界なら尚更、無識なまま安易に否定したりしない。

こういうとこ、好きだ。

「飛馬はフィギュア好きだから、興味持つかなあって思いながら見てきた。俺、普通のメイド喫茶にも行ってみたくなったから、今度一緒に行こうよ」

「ン……」

「あれ、それほどでもない？　洋服がフィギュアみたいにかわいかったよ」

「生身の人間とフィギュアは違う。フィギュアには造形の美しさを求めるけど、生身の人間には性格の美しさを求めるからな。フィギュアと同じように人間を選んでも、好きになれるわけがない。くびれと美脚だけ見にいくにしたって、俺は好みにうるさいよ」

「ああ、そっか。なるほどな～……」

言葉尻をふいと消した海東が、今一度プリントに視線を戻す。きちんと見てるのかどうなのか、若干視線を泳がせたあと「……そういえばね、」と続けた。

「その……この間永峰さんから電話がきたんだよ。飛馬と喧嘩したって」

俺は「は？」と目を剝いた。

「どうしてあの人がおまえの連絡先を知ってるんだよ」

「あ、それは、手羽先で呑んだ帰りに交換したから」

「なんで」

厳しく詰め寄ると、海東は身を縮めて焦った。ど、どうして怒ってるの？　という顔。

「交換しようって言われて、断る理由もなかったからさ」

「あるだろ！　あんな奴と関わり持ったってメリットなんかなにもないぞ!?」

声を張りあげたら、海東は苦笑いした。

「メリットっていうか……──とにかく、喧嘩したのは、やっぱり本当らしいね」

「本当だ」

「豚まんで怒ったのも?」

「……。うん」

「キスされたのも……?」

思い出したら怒りで吐き気がぶり返した。海東を睨んだまま床を拳でドンと叩いて膝に顔を押しつけ、奥歯を噛みしめて脚を抱える。自分が醜く感じられてきて暴れたくなり、目を強く瞑って服の袖を握り潰した。

最悪だ……っ。なんであのブタ野郎は海東に話したんだ、なんでわざわざ!

今度会ったらもう一度殴ってやる。使いものにならなくなるまで、蹴り潰してやる!

「……飛馬、」

海東の柔い声が、腹の奥でうねっていた苛立ちを止めた。頭を軽く撫でるように触られて、強張っていた身体から徐々に力が抜けていく。

「豚まんは、また今度買ってくるよ。ちょうど来月行く予定があるから、たくさん買ってくる。……飛馬が大切に食べてくれたんだって知って、俺すごく嬉しかったよ」

そっと目を開けると、横で微笑している海東がいた。

「あと、キスもね。永峰さんの話聞いて、俺とのキスも長い間ずっと嫌々受け入れてくれてたのかなと思ったら、申し訳ないような感謝したいような気持ちになった。今までちゃんとくちで伝えたことなかったけど、ありがとう。嬉しかった。……ごめんね」
別れのような言葉を言う。海東の目元が光った気がして、それが涙だと理解したら、あ
あ、紛うことなくこれは別れなんだ、と思った。
これからも仕事の繋がりがある限り毎月会うし、たとえば会いたいと電話をすればきっ
と、こいつはすぐにきてくれるだろう。
でもこれは別れだ。
海底よりも深い深い密やかな場所から、海東が呼吸と言葉を殺して俺に届けてくれてい
た心は、もうここにはない。
「……海東、」
「ん?」
「おまえが結婚しても、たまに話し相手になってほしい」
「飛、馬……」
次に会ったら、俺は海東とどんな話をするんだろう。俺たちの間には、極端に恋愛の話
題が少なかったな。けどこれからは、おまえが聞かせてくれるようになるのかな。
瞬きも惜しんで海東を見返していたら、彼は唇を引き結んで、俺の背中を掻き抱いた。
海東の肩に顎をのせて、白い天井の模様を眺めた。海東の髪の匂いがする。昔からずっと
同じ、変わらない匂い。

「海東……奥さんの名前、まだ聞いてないよ」

「……ン」

「おまえのことだから、短い付き合いでもいろんなところへ行ったんだろうね。今まで一度だっておまえの写真には人物がいなかったけど、今度は彼女の写真を持ってきて、楽しかったたって聞かせてくれ。……待ってる」

ずっとひとりで生きてたつもりだったのに、俺は無意識におまえとふたりで生きてたよ。おまえに抱き締められるのだけが、自分に身体があることを確認する術だったように思う。本当の孤独なんて、結局は誰もしらないのかもしれないな。俺にもこんな大事な友だちがいた。おまえが俺を見つけてくれてよかった。

おまえなら幸せになれるよ。ならないとだめだよ。

「飛馬……っ。俺の方が頼みたいよ。なにがあっても離れられない。どうしても傍にいたい。ずっと、友だちでいてほしい」

「なに言ってるんだ、ばか」

海東は泣いているようだった。震えた声をだす海東の後頭部に手をのばしてぐいぐい撫でてやったら、彼はさらに強く俺を抱いて嗚咽《おえつ》をこぼす。

卒業式のことをまた思い出した。

「俺はおまえを、泣かすことしかできないな」

溜息とともに呟いたら、海東は、

「好きだから泣くんだよ……っ」

と小さく叫んで、俺の肩に突っ伏した。

……そうか。でも泣けないよ海東。ごめんな。俺は泣けない。


翌日、俺は永峰先輩に電話した。

『おう、玲二！　電話なんて珍しいな。どうした、俺が恋しくなったか？　いひひひ』

今日も今日とて鬱陶しい……。

椅子の上で膝を抱えて、目の前のパソコンディスプレイを睨み据えて言う。

「先輩。あんたなんで海東に豚まんの件を話したりしたんですか。そもそもなに考えて携帯番号を訊きだしたりしたんです」

『あ、バレちゃったの？』

「どうしてバレないと思うんです。あんたほんと頭の悪い人ですね。俺と海東はツーカーの仲に決まってるでしょうが」

『頭悪いとか言うなよ、普通に落ち込むだろー……』

「どれだけ落ち込ませても学ばないから、こっちは迷惑してます」

『くそー、昔はかわいかったのに』

「先輩も昔はもうちょっとましな人間でしたよ。このばかさ加減を俺が知らなかっただけかもしれませんけどね」

一気に文句をぶつけたら息切れした。先輩は携帯電話の向こうで『酷い、酷すぎる……』と、ぶつぶつ洩らす。

『べつに仲よくなったっていいだろ？　海東君と携帯番号を交換するのに、玲二に許可とる必要があるのかよ』

「ありますよ。あんた海東の家に昼間から酒持って押しかけたりしてないでしょうね」

『夜ふたりで呑んだことならあるよ。すごく楽しくて酔い潰れて、海東君が俺のうちまで送ってくれたんだ〜えっへへへ』

なんだと……。俺をどれだけ不快にさせれば気がすむんだ、この野郎は。

苛々しつつ、煙草を手に取ってくちにくわえる。

「……呑みに行ったのは、それ一回きりですよね」

『まあな〜俺だってほら、暇じゃないし？』

ふざけた物言いにむかついて「暇だろうが！」と怒鳴ってしまった。

「ちょいちょい人の家にきては酒ばかり呑んでるくせに!!　あんたみたいな男は一生独り身なんでしょうけど、もし恋人ができるとしたら、ど天然の世間知らずなんでしょうよ！」

『恋人いるよ、海東く〜ん！』

「……よし、今すぐこい。一時間おきに一センチずつナイフで首を切りながら、じっくり殺してやる」

『こわっ!!』

「苦痛に悶える貴方の姿を見て、大笑いしながら手羽先つまみに呑んでやりますよ」

『ごめんなさい、冗談です……ぼくは暇人で酒呑みのろくでなしです、すみません……』

「やっとひとつお勉強できたじゃないですか、いい子だな」

先輩が小さく吹きだして、俺も煙草の煙を吐きながら苦笑いした。もう一度『悪かったよ』ときちんと謝罪してくれて、この人も謝るタイミングをはかっていたのかと気づく。

ったく……どいつもこいつも疲れる奴らだ。

「……先輩。海東と付き合うなとは言いません。あいつもガキじゃない。自分のことぐらい自分で面倒見られるでしょう。でも気をつかいすぎて断り切れない時もある。そしてあんたは絶対それに気づかない。迷惑かけないでやってほしいんです」

『玲二は海東君のこと、よくわかってるんだなあ』

からかうように苦笑されて、憤慨した。

「海東はもともとあほがつくほど優しい人間ですけど、貴方が俺の先輩だと思えば余計に文句ひとつ言えなくなるに決まってるでしょう？　ちょっと考えればわかることです。あんた無神経なんですから、本音を言えば金輪際近づかないでほしいところですよ」

『う』

「ふたりを会わせてしまった俺も浅はかだった。反省します」

『そこまで言わせる俺が悪いのか、おまえの異常なまでの友情が罪なのか……』

俺が黙ると、先輩はふぅと一息ついて続けた。

『わかった。俺も気をつけるよ。でも番号交換したのは仕事の件があったからなんだよ。そっちでは、しばらく付き合いが続くと思う』

「仕事……？」

『海東君、フリーライターだろ？　カメラもできるって言うし、使えるなあと思って紹介したの。こんな業界だから人との繋がりは大事だ。お互い利用しつつされつつな』

「はあ。それで海東は貴方の接待に嫌々付き合ったわけですか。合点がいきました」

『接待って……――おまえ海東君のこととなると、とことん人格変わるな……』

煙草の灰を灰皿に落とした。短くなった煙草をまたくちにくわえると、ディスプレイが風景写真のスクリーンセーバーに切りかわった。白い霧に霞む森の木々や、真っ赤に燃える夕焼け。色鮮やかな景色に漂う静謐《せいひつ》は、全部どこか儚《はかな》い。

以前海東がくれた写真データを加工した、自作のスクリーンセーバーだ。

『……なあ、玲二。おまえがキスしてるのって、海東君なんだろう？　前に聞いた条件にも当てはまるし、彼、俺が玲二と揉めてキスしたこと話したら、「勘弁してやってください。俺でよければ相手しますんで」なんて笑ってたぞ。今のおまえと同じだな。庇《かば》い合ってるっていうか、想い合ってるっていうか』

ディスプレイが眩しくて、俺は目を細めた。……あのばか。

「先輩。貴方が海東に紹介した仕事って、どんな内容なんですか」

『へ、内容？　旅行関係のムック本だよ。彼、今そういう雑誌やってるって言うし、神奈《かな》川《がわ》出身らしいじゃない？　俺の知り合いが探してたのもちょうど神奈川に詳しいライターだったから、こりゃいいいと思ってさ。一昨日電話で話したけど、鎌倉《かまくら》とか藤沢《ふじさわ》とか、真鶴《まなづる》なんかも行くって言ってたよ』

「真鶴まで……ふうん。いいですね」

『そうそう。今月末までに全部まわるって話だったから、今頃うまい料理とか食べてるんじゃない？　いいな～』

え、今？　月末まで？

あいつは海外で結婚式をしてるはずじゃないのか……？

「海東、他に予定があるって言ってませんでしたか」

『は？　聞いてないよ』

「人生に関わる、重大な用事ですよ」

『重大？　人生？　なんのことだ。海東君なにか事件起こしたの？』

「知りませんか」

『なにも知らないけど』

先輩の声音に嘘は感じられない。て、ことは……と予感しつつも、今一度念を押した。

「取材の予定が月末まで入っているのは、確かなんですね」

『確かだよ。ん？　どうした玲二？』

へえ、ああそう……。そういうことかよ。

俺は煙草を灰皿に潰して、しばし沈黙した。目の前ではスクリーンセーバーがゆっくり画像をかえて、葉に雨粒がひとつ落ちた美しい写真が広がる。

部屋の窓の外からもしとしとと雨の降る静かな音。そうだ。今日は雨だった。

「……先輩。今回ばかりは大活躍ですよ」

『なになに？』

「ありがとうございます。くだらない嘘に騙されずにすみました」

『嘘？　どういうことだよ、おい』

こたえるのもばからしくなって携帯電話を切ると、デスクに放って海東が撮ったスクリーンセーバーの葉の写真を睨み続けた。

十二日の金曜日、俺は夕方になると天気を調べてシャツの上にジャケットを羽織り、外出した。駅まで五分の道のりを歩き、自動改札をとおって電車に乗る。

目的のO駅は乗り換えひとつで三十分弱。帰宅ラッシュのごみごみした雰囲気にいくらかうんざりしつつ、椅子の隅に腰掛けて外の夕焼けを眺めた。

やがて高校時代通学につかっていた電車に乗り換えてしばらく揺られていると、見慣れた情景が続いて懐かしい気持ちになってきた。

耳に馴染んだ駅名とアナウンス。

進行方向左に見える、小高い丘の上にある青い屋根の家。

いつも気にして見ていた、ボーリング場のビルの上にある大きな白いピン。

十年近く経つのに、案外憶えてるもんだな。

『……海東あのピン、もぎとって俺にちょうだい』

あいつの肩に寄りかかってうたた寝しながら、寝ぼけて頼んだことがある。

海東は『いいよ。でもどこに飾るの?』と冗談で返して笑った。

『俺は卒業したらすぐ家をでるから、引っ越すまで海東の家の屋根に飾っておいてよ』

『うちは木造だから、あんなの飾ったら家がぺしゃんこだよ。ばあちゃんがボーリングのピンに殺されたら困るでしょ』

『うん、困る。じゃ無理だ。残念だ』

くだらない会話で、いくつも時間を潰した。

そんな相手は海東しかいなくて、あいつだけが常に俺の傍にいてくれた。

そして、

『飛馬、家をでるって言うけどお金ないじゃん。でたとしても、あんなピンが飾れるような部屋、どうせ借りられないよ』

『ン〜……』

『……なんなら、一緒に暮らそうよ。家賃シェアして頑張ればいいとこ見つかるよ』

さりげなく弱々しく、でも確固たる想いで、海東は俺を見ていてくれたんだと思う。

だのに身勝手に気持ちを押しつけるでも、傲慢《ごうまん》に見返りを求めるでもなく、たったひとことの肝心な本音はいつだって隠して届けてくるから、俺は、

『シェアしても城みたいな家は買えないだろ。ふたりでピンの下敷きになって死ぬなんていやだ』

と笑って受け流してきた。

海東の心にある怯《おび》えという隙間からするする逃れて、拘束されることもなく自由でいられた。自由でいさせてもらえたんだ。

今はわかる。あいつの怯えは途方もなく果てしない、優しい恋心だ。

Ｏ駅に着いて改札口へ近づくと、横からきた女子高生とぶつかった。母校の制服を着た女子高生は俺に一瞥《いちべつ》もくれず、友だちと笑い合いながら去って行った。その背中をぼんやり眺めて改札をとおり過ぎ、駅の外へでる。

……海東が初めて泣いたのは、確か下級生の女の子と別れた時だ。秋も終わりに近づいた夕暮れ時の帰宅途中、海東は彼女と付き合った二週間についてぽつぽつ話しだした。告白されて付き合った、あのボーリング場にも行った、でも好きになれなかった。どうしても無理だった。それでわかった。

『俺……飛馬といたい。飛馬といたい』

二回呟いて立ち止まった海東は、急にぽろぽろ涙をこぼし始めた。

そこは人どおりのない裏路地で、横には雑草が生い茂っただだっ広い空き地があった。時々草が風にさわさわ揺らされて、表面が夕日の黄色に照って霞んだ。

俺は、よくわかんないけど泣きたいのは彼女じゃないのか？　と思いつつ、しかたなしに海東が泣きやむのを待った。ぽたんぽたん落ちる涙も夕日色に光っていた。それで、よくわかんないけどこいつも傷ついたんだな、と感じた。

そのうち俺に近づいた海東が唇を寄せてきて、俺は黙って受けとめた。しょっぱくていやな味だったけど、これで泣きやむんならいいか、と思った。それだけだった。

……目の前の信号が青にかわった。溜息をこぼして右手で後頭部を掻き、歩きだす。

『黒船』は、すぐ目の前のビルの地下にある。時計を見たら七時十五分を過ぎたところで、階段をおりて店の入り口までいくと「喜んで～」という店員の声や客の笑い声が洩れ聞こえてきた。

なかへ入って「いらっしゃいませ、何名さまですか？」と訊ねられ、店内を見まわしたら奥の座敷で「お、飛馬こっちだよ～」と手を振るスーツ姿の大澤と目が合った。横には一之宮、手前には海東がひとり。

店員に「あいつらと待ち合わせなんで」と頭を下げて移動した。

テーブルの横につくと、いよいよ三人を見下ろして、さてと……と腕を組む。

大澤はすかさず海東の隣の席を指さして、

「待ってたよ。まあまあ、そこ座れよ」

と促した。全員引きつった笑顔を浮かべていたたまれないようすだ。

ほうほう、なかなかいい反応じゃないか。

「俺がここに座っていいのか？　海東の大事な奥さんはどうしたんだよ、ん？」

「いや、まあ、それもゆっくり話すから」

「ゆっくり？　楽しみにしてたんだけどなあ、顔を見るの」

「いや……あははは、はは」

永峰先輩経由で俺に嘘がバレてることは、みんなわかってるみたいだな。

大澤は焦ると眼鏡のズレを何度もなおす癖がある。いい会社に就職して立派な父親になっても、そこは変わらないな。

一之宮はビールジョッキを両手で持って肩を竦め「飛馬、こえぇ……」とこぼす。過保護な家庭で育ったおぼっちゃんは、いい歳なのに相変わらずビビリだ。

海東はこっちに背中を向けて座っていたが、振り向きざま両手をついて頭を下げ「ごめんなさい！」と土下座みたいになった。その頭をぺんと軽くぶってやる。で、靴をぬいで座敷にあがり、腰掛けた。

胸ポケットから煙草をだして、右横にいる海東を横目で見遣る。

「——それで、海外挙式はどうだったんだ海東。どこでやるのか訊いてなかったけど定番のハワイか？　だとしたら海もきれいだったんだろうなあ？　……湘南《しょうなん》の海と違って」

「うっ」

「あれ？　おかしいな。おまえ指輪してないじゃないか。なんでないんだよ」

「すみません……」

「奥さんはどんな人なんだよ。背丈は？　髪型は？　職業は？　趣味は？」

海東もじとりと俺を見返して、拗ねた声になる。

「……身長は百六十五センチで、黒髪ショートカット。仕事はデザイナーで、ロリコンフィギュア集めが趣味の、美人だよ」

海東の頬をつねってやった。

「俺はおまえと結婚した憶えはないぞ」

「いたたっ、こ、心のなかの奥さんですっ」

「女でもない」

「じゃあ旦那さん」

「あほか」

手を離してやったら、ちょうど店員がやってきて「飲みものの追加はありますか？」と注文を訊いてきた。「生をお願いします」と頼んで煙草に火をつけて吸い始めると、丁寧に一礼して離れて行く。

その間、全員くちを引き結んで沈黙していた。料理にも手をつけず、抜き差しならない面持ちで俺をうかがっている。おまえら教師に叱られてる小学生かよ、まったく……。

「今日までの数日間、俺は今回のことを推理してみたよ。そうしたら、同窓会で久々に会ったおまえたちが、女子高生みたいに『海東、まだ飛馬のこと好きなの～』『飛馬はなに考えてるんだろうねえ』『じゃあまた騙して反応見てみようか～』ってばかな計画を立ててるようすが鮮明に浮かんできた」

大澤が「正しいです」と苦笑いし、一之宮もつられて苦い顔になる。ふたりにひと睨みきかせてから、そっぽを向いて煙草の煙を吹いた。

「おまえらな、海東にくだらない入れ知恵するな。いつまで学生気分なんだよ」

正面にいる大澤が「ごめんごめん」と右手を振る。

「ちょっと気持ちが若返っちゃったんだよ。電話した時、バレるかなあってひやひやしてたんだけど」

「ああ、俺もばかだった。もっといろいろ突っ込んで訊けばよかったよ」

「飛馬は疑いはしても人の言葉を信じるよな。そういうところ昔から優しい」

「ふざけんな。かわりに根に持つぞ。交通事故の嘘も憶えてる。三度目はないからな」

びしりと断言して睨みつけると、大澤は肩を竦めて海東を見た。

「残念だったなあ海東。結局〝親友〟にしか進展しなかったな」

「いや、もう十分です……」

身をすぼめて反省する海東のようすに、大澤と一之宮は小さく吹く。

俺が海東のビールを勝手にひとくち呑んだら、見ていたふたりはしみじみした。

「しかし仲のよさは変わらないな……。痴話喧嘩も懐かしいよ。な、一之宮」

「夫婦みたいだよなー」

「そうそう、夫婦。恋人っていうかおしどり夫婦なんだけどな、傍から見てるぶんには」

俺がおしぼりで手を拭いて箸を持つと、みんなもほっとしたように食事を再開した。

空気が和んできて、一之宮と海東が「なにか食べものも追加しようか」とメニューを開き、大澤は俺の前にある刺身を取って食べる。

「飛馬、電車こんでた？　飛馬のことだから、帰宅ラッシュに捕まったらいやになって帰っちゃうんじゃないかって、みんなで心配してたんだ」

「そこまで短気じゃない」

「あはは。本当、会えて嬉しい。何年ぶりだろうなあ。ちょっと痩《や》せたんじゃないか？」

「大澤はスーツも馴染んで、おっさんっぽくなったよ」

「父親になれば苦労も増えるんだよ……」

「幸せそうでなによりだ」

「まあね」

俺のビールがくると乾杯した。そのまま会話はあっさり変わって、近況報告に流れていく。俺も久々の外食に内心喜びつつ、いつもよりすこし饒舌に会話に参加した。

やはり何年経ってもこいつらと過ごす時間は居心地いい、と思う。

どんなばかをしても、言い訳を並べて執拗に謝罪し続けるような面倒な性格じゃないし、俺の海東に対する罪悪感に気づかないほど、無神経でもないからだ。

だが突き詰めてみれば大澤はお節介はするものの、他人と当たり障りない距離を保つのがうまいだけだし、一之宮は徹底した傍観者タイプで、よくも悪くも感情の起伏が薄い。

それだけのことだ。この気楽さを〝友だち〟と表現していいのかは、わからない。

……しかし海東は、

「飛馬、このチーズと明太子のオムレツおいしいよ」

「あ……うん、食べる」

「じゃあとっておいてあげるね。飛馬がたくさん食べてる姿見られて、嬉しいなあ……」

海東は違う。

こいつは心を晒して愚かさまで見せびらかし、人間くさい姿でいるくせに、出会った時から唯一、俺が好む沈黙を持っている人間だ。四人で会ってみて再確認した。

きっと、これが相性なのだろう。

ほとんどの人間関係が不安定な距離で形成されているなかで、たまに心を晒けだして歩いているように見える妙な人間と出会い、そんな相手を親友だと思ったり、恋人として愛したりするのだとしたら、二十八年生きてきて俺に見えたのは海東の心だけだ。

海東とだけは自然とつうじ合えた。ズレも隔たりも感じなかった。価値観も好きな景色も似ていた。一緒にいるのが楽しかった。これは紛うことのない真実だ。

……他愛ない会話に花が咲き、酒も入ってすこし気持ちよくなってきた。頬杖をついてみんなの話に耳を澄ませていると、横にいる海東の「大澤の奥さんが音楽の和田《わだ》先生だったのも驚いたけど、みそ汁にダシ入れ忘れるなんて、やっぱかわいい人だったんだねえ」という穏やかな苦笑いが聞こえてくる。……音楽の和田？　へえ。誰それ。

とくに興味もなく聞き流して海東の骨張った細い左指をぼうっと見つめ、箸で刺身の盛り合わせにそえられた菊の花をつまんで、薬指の上に置いてやった。

「わっ、冷たい」

海東はすぐに気づいて驚き、手を引っ込めてまるい目で俺を見返す。菊の花はぽろりと落ちてテーブルの上に転がってしまった。

「飛馬？」

「……結婚したがってるおまえに指輪あげたのに」

「えっ。し、したがってないよ。ごめんなさい……」

大澤の笑い声が耳を撫でる。

「飛馬、眠くなってきたのか？　甘え方もいまだにかわいいなあ」

そうだな、眠いかもしれない。ちょっと疲れた。

店内に響く騒がしい声を遮り、俺は目を半分閉じて海東のきれいな薬指を眺め続けた。

十時前になって「大澤の奥さんと子どもが心配するから、そろそろ帰るか」と、みんなでからかいつつ店をでた。

外はすっかり暗くなり閑散としていた。車も少なくなって駅前のロータリーにタクシーが列をなしているのみ。吹き抜ける風は秋の香りをはらんで、心持ち冷たい。

赤信号の前にぴしと立った大澤は、腕時計を見て「四十分の電車に乗ればいいな」なんて言う。一之宮はその背後から「今何時」と覗き込み、海東は左横からふたりを見守る。

俺は三人のうしろに立って煙草の煙を夜空に吹き、

「大澤って、時刻表頭に入ってんの?」

と笑った。

「まあな。昔よく委員会で居残ってたから」

「音楽教師を必死こいて口説いてたんじゃなくて?」

「それもあるけどね。電車は待たされるのいやで、時刻表を常に持ち歩いてたんだよ」

性格がでるなあ、とおかしくなる。

電車なんて、きたら乗るタイプの俺からしたら窮屈な生き方してるとすら思うけど、大澤にとっては至極当然の感覚なんだから不思議なもんだ。

視線をそらして、懐かしい街並みを見まわす。

当時朽ちかけていた駅前の商店街にはファーストフード店やカラオケボックスがオープンして華やかになり、俺がかよっていた古本屋も携帯電話ショップになってしまった。

通学路はどうなったんだろう。煙草を消して、高校へ続く左の道に視線を向けた。

「悪い。俺、散歩して帰るよ。みんな元気でな」

三人同時に俺を振り向いたかと思ったら、大澤は「おう、気をつけてなー」と笑顔で手を振り、一之宮も「また会おうな」と笑った。海東だけが明らかに動揺したような顔だ。

……ばーか。

心のなかでからかって鼻で笑い、ジャケットのポケットに手を入れて歩きだす。

大澤と一之宮が「海東、追いかけろよ」「困ってないで行け」と、笑って冷やかすのが聞こえた。呆れて無視していたが、そのうち海東は走ってきて黙って横を歩き始めた。

学校までは曲がり角がみっつ。海東は決まって俺の左側を歩く。

あの頃もこうして毎日、十分ほどの短い時間をふたりで過ごした。

鼻先を掠める透徹した風の香り。明るい街灯。擦れ違うサラリーマンや、店の前にたむろしている学生。

よく寄り道したコンビニの前をとおると、海東がしんみり呟いた。

「……懐かしいね。ちょうど今頃の季節にすごい台風がきてさ、あのコンビニで傘買ったの憶えてる？　学校でる時はふたりで傘さしてたのに、途中で飛馬の傘が風に煽《あお》られて裏返っちゃって、俺の傘に入れてあげたけど、ふたりしてずぶ濡れでさ。飛馬、めちゃくちゃ不機嫌になって、傘買う時も文句たらたらで」

「憶えてる。買った傘も、コンビニでて三分もしないうちに壊れた」

「そうそう。で、飛馬が傘を放り投げて歩きだすもんだから、俺が拾ってゴミ箱探しながら歩いてたら『余計なことするな！』って、また怒ってさー……」

海東が喉の奥でおかしそうに笑う。俺はその横顔を見て視線を俯かせてから、ひとつめの角を曲がった。

「……我儘《わがまま》な俺に優しくする、おまえに腹が立ったんだよ」

「優しい？　そうなのかな」

「壊れた傘なんか、わざわざ拾うことないだろ」

海東はすこし間をつくったのち、

「……一瞬でも飛馬が触ったものは、俺にとって大事なんだよ」

とぼそぼそこたえて、羞恥《しゅうち》を隠すように顔をそむけて無造作に髪を梳《す》いた。

ばかなことを言う。昔から何遍も、遠まわしな告白ばかり言う。

「飛馬、酔いさめた？　眠そうにしてたけど、昨日も仕事忙しかったの？」

「仕事は落ち着いてるよ。久々に大勢の人間と酔っ払いを見て疲れたぐらい」

「あはは。そうだね、じゃあゆっくり歩こう」

ふいに海東の歩調が緩くなった。俺も無意識に海東の柔らかい歩きに合わせて、とろとろすすむ。横で髪を撫であげる海東は、のんびり微笑している。

「……おまえ、なんで怒らないの」

「え、怒る？」

「社会にでたら〝人ごみが苦手だ〟〝誰にも会いたくない〟なんて甘えたこと言ってられ

ないだろ。おまえ自身、毎日のように初対面の人間と接して仕事してるんだから、腹が立ってもおかしくないのに」

「う、う〜ん……べつに無理しなくても、自分にできることで頑張ればいいんじゃない？　いろんな人間に会ってるからこそそう思うよ。昔取材した声優さんに〝ものすごい人見知りだから、この仕事でいろんな人を演じてる間はすごく楽しい〟って教わって、勉強になったりしたし」

「……そうか」

「だいたい今日の呑み会は仕事じゃないでしょ？　気にしなくていいよ」

視線の先に、海東が後輩と別れたあの日、泣いた場所が見えてきた。空き地だった土地には立派なマンションが建って、生い茂った雑草もなにもかも全部、跡形なく消えている。

俺たちは黙ってマンションの前をとおり過ぎ、ふたつめの角を曲がった。

押し黙った海東が、俺と同じ過去の情景を思い起こしているのを感じる。ともすれば俺以上に思うことがあるのかもしれない。そして海東の思い出の映像は、たぶん涙でぼやぼや揺れている。

最後、みっつめの角はすぐだ。曲がれば学校は目の前にある。

広く大きな正門と、その向こうにある学校が視界に入ると俺は立ち止まり、海東も足を止めた。

「さすがに入れないかな」と海東が。

「べつに、入ったところで喜べるものもないだろ」

「そう？　……俺はあるよ。三年の頃の教室と、屋上に行きたいな」

「で、最後に体育館の裏へ行って、夜が明けるまでキスするのか」

「あ、す、ま……」

目を細めて見あげたら、海東は唇を尖らせて赤い顔をくしゃりと歪めていた。

正門の前まで行くと、海東もついてくる。門に寄りかかって海東を振り向いた。

もう柔和な表情に戻った海東が、正面で微苦笑している。彼の背後では路地の外灯が白く地面を照らしていた。

優しげな目尻や緩く曲がる唇は、凝視しているとほのかな寂寥《せきりょう》が滲んでくる。こんなふうに俺が無責任に見過ごしてきたこいつの感情は、いったいいくつあったのか。

「海東」

「……はい」

「おまえはもう二度とばかなことするな。ひとりで悩んで落ち込んで、他人に相談してくだらない計画立てて俺を騙したって、無意味でしかないってわかったろ」

海東は途端に傷ついた顔になり、俯いて笑った。

「うん……ごめんね。確かに意味なんてなかったかもしれない。けど俺、今回はこれで最後にしようって覚悟してたんだよ。飛馬が『おめでとう』って言ってくれたら、いい加減諦めようと思ってた」

「でもまだ諦めきれなくて、ここにいるわけか」

「本当にごめん。すぐは無理だけど、ゆっくり忘れていくよ。昔は飛馬を想い続けて、飛馬のために尽くしていられれば幸せだって想ってたけど、それだって俺が欲を押しつけてるだけだって気がついたからさ」

自嘲《じちょう》気味に笑って俯いた海東の顔から、ぽろと涙がこぼれた。ひとつこぼれたあと、またすぐひとつ、ひとつ、落ちていく。

「……ずっとごめんね。飛馬は〝人生が狂う〟って言ったでしょう。でも俺は好きでもない相手と結婚して傷つける方が狂ったことに思えるから、もうすこし時間をちょうだい。べつの誰かを好きになるんじゃなくても、飛馬とは友だちでいられるように、努力する」

……友だちでいられるように、か。

空を仰いで、海東の小さな泣き声を聞いた。

そんなこと考えてたのか。そんなことを考えながら今夜、こいつはみんなの前でへらへら笑ってたのか。

つうじ合えると信じていても、心の手前に怯えがあると確信には届かないんだな。

俺は海東の頬を右手で覆い、上向かせて目を合わせるよう促した。すこし焦った海東は涙をこぼしたまま笑顔を繕おうとした。そんな彼の弱い強さが、胸を刺激する。

「……海東。俺はどこにも行かない。おまえを捨てる気も、おまえから逃げる気もない。ずっとここにいる。だからおまえも、自分がどこに行くかは自分で決めろ」

「はい」

「ただ本音を言うなら、俺はおまえに傍にいてほしい。……おまえが誰を想おうとなにをしようとかまわないよ。何ヶ月、何年、会えなくてもいい。千切れそうでも繋がりがあればいい。おまえとの関係が切れたら、俺はもう上手く生きられない」

「飛、馬……」

海東が目をぐっと瞑って涙をばらばらこぼしてから、俺の背中を掻き抱いた。

「ありがとう飛馬……嬉しいっ」

痛いよ、ばか。

「おまえはもっと俺を信じろ。おまえに騙されても俺は許してきたし、何度でも許すよ」

「……うん」

「それでも不安になったらすぐ俺のとこにこい。絶対に安心させてやるから。俺はおまえを切り離すことは考えない。おまえが哀しまないために、どうしたらいいのか考えるよ」

海東が俺を抱き竦めて泣く。くちを結んで身を委ねていると、やがて彼はすこしだけ上半身を離してくちづけてきた。俺の閉じた唇を静かに覆うだけのキス。

触れる以外はなにも強要してこない乾いた唇に、ふと涙の味がまじったのがわかった。

その瞬間、俺は幾度となく繰り返したキスのなかで初めて、海東の唇をはんでこたえた。

海東はびくと戦慄いて唇を止め、ゆっくり離れて額を合わせたまま深呼吸する。でも言葉ではなにも訊かない。まるで〝落ち着こう、期待したらだめだ、だめだ〟と自制してるようで、その慎ましやかさがまた俺の心を揺さぶった。

「海東、来週時間があるなら、一日あけて千葉の展望塔に連れてけ」

「え。――……うん、いいよ。嬉しいな、絶対に行こうね」

こたえながらも涙をほろほろこぼすから、額をぐりぐり擦りつけてやって「泣くなよ」と苦笑した。

「そういえば、最後にしたキスは永峰先輩の汚らしいキスだったたな」

「汚らしい、って……」

「まだ唇に残ってて気持ち悪い。おまえが舌で拭い取れよ、海東」

一瞬、間があったあと、海東の腕が俺をきつく束縛して、でも痛めつけないよう慎重に気づかいながら、大事そうに背や腕を撫でた。

そしてもう一度くちづける。

唇の表面の吸われた箇所を、俺も同じように吸い返して丁寧にこたえつつ、さすがに正門でキスしたのは初めてだな……と、ぼんやり考えたのだった。

高校卒業の日のはなし

高校に入ってからずっと〝美人な同級生がいる〟という噂は聞いていた。

何度か見かけたことはあったけど、ちゃんと存在を認識したのは三年に進級して同じクラスになってから。名前が〝飛馬《あすま》〟と〝海東《かいとう》〟で出席番号が並んで、一番最初の席決めの時に自然と飛馬のうしろになったのがきっかけだ。

俺は飛馬の背中を眺めているだけでいろんなことを知った。

プリントをまわしてくれる時に見る美人な横顔と、指の細さ。

俯せて眠っている時、頭を振って服の袖で目をごしごし擦る猫みたいにかわいい仕草。

授業中、机の右上隅に消しゴムのカスを山にしておく癖。

テストが終わると頬杖をついて問題用紙の裏に落書きするけど、描いているのは単なるくしゃくしゃのまるいうずで、ぐるぐる描くだけ描いて眠くなったらシャーペンを持ったまま寝てしまうようす。

でも硬派で潔癖で他人と馴れ合うのをとことん嫌ううえ、ものすごく喧嘩っぱやい。

顔がきれいなせいでただでさえ目立つのに、態度が素っ気ないから教師にも生徒にも目をつけられていつも喧嘩していた。

俺は飛馬を知れば知るほど、それまで自分を形成していたものが壊れてくのを感じた。

こっちを振り向いた飛馬に『消しゴム貸して』なんて色っぽい上目づかいで頼まれた日には、一日中異常なぐらい舞いあがっていられたし、教師に自分の主張をはっきり叫ぶ凛《りん》とした姿を見せつけられれば、他人に対して初めて震えがくるほどの憧れを抱いて、自分で自分に驚いた。

幼い頃に両親を失って愛情や甘えに飢えていた俺を、飛馬の愛らしさと強さだけが満たしてくれたんだ。

飛馬に会わなかったら、俺は〝ばあちゃんを支えていかなくちゃ〟〝自立しなくちゃ〟っていう使命感に圧迫されて気丈に振る舞い続け、いつか窒息していたと思う。

将来への不安に張り詰めた心が、飛馬の消しゴムのカスの山や、落書きのまるいうずを眺めてる時に、どれほど安らいだか知れない。あの細い背中に〝ひとりでいるのは怖くない〟と突きつけられるたび、幾度縋《すが》りつきたくなったか知れない。

俺には飛馬しかいない。飛馬以外の人は好きになれない。飛馬が自分と同じ男だから羨《せん》望《ぼう》して、こんな気持ちを抱くようになったことも自覚してる。

――……なのになんで、卒業しなくちゃいけないんだ。


年が明けてからは自主登校になっていて、飛馬とも会えずにいた。

大澤《おおさわ》が電話してきて『卒業旅行しないか。最後の思い出づくりに』なんて誘ってくれたけど、俺はバイトがあるのと金がないのとで渋々断った。

バイト先は小さな出版社で、出版関係の仕事をしていた父さんの知人のくち利きで、高校三年間ずっと働かせてもらってきた。家の事情も汲んでくれて、四月からは〝高卒でも腕を見込んで面倒見てやる〟と正社員として世話になることも決まっている。

社員さんのなかには〝高卒なんてふざけてる〟と蔑んでくる人もいるけど、自分の経験不足を補うために努力するのは苦じゃなかったし、カメラマンのアシスタントをさせてもらえば大好きなカメラの勉強もできるから、贅沢《ぜいたく》だとすら思ってた。

でも最近はふとした瞬間、急に喪失感がぽつと湧いてきては飛馬の姿が脳裏を掠める。電車に揺られて窓の外に浮かぶ夕日なんかを見つつ、このまま卒業式を迎えて疎遠になったら……と想像すると、恐怖心が卒業の実感とともに増していった。

毎日のように会ってたからさすがに一ヶ月以上間があくとしんどい。飛馬が足りない。で、大澤はなんでなのかそういうタイミングを嗅《か》ぎとるのがうまくて、また電話をくれたりして。

『カラオケはどう？　おまえが来るって言えば飛馬も来るだろ。最後の思い出づくりに』

……こんな神様みたいな奴は、滅多にいないと思う。

「ありがとう……明後日なら仕事が休みだよ。もしみんなの都合が合わなければ、平日でも夜からだったら時間あけられる。それで訊いてみてくれるかな？」

『わかった。一応明後日の午後ってことで、何人か声かけてみるよ。また連絡するな』

元気だせよ、とさりげなくひとことくれて通話を切った三十分後、大澤は再び連絡してきて『大丈夫だった。明後日の二時にS駅の改札に集合な。楽しみにしてるよ』と、ちょっとにやついた声で言って、電話を終えた。

もともと鋭い大澤には、去年の春に初めて話しかけられた時『担任に飛馬の監視しろって言われたんだけど、おまえは好きで一緒にいるんだよね。――あ、隠さなくていいよ。おもしろがってるから』なんてしれっと言われて、動揺した。

いやらしい好奇心を向けるでも嫌悪感を示すでもなく、無視もしないで友だちでいてくれる大澤は、こう……うまく言えないけど、大人びてて品があって、頭がいいんだろうなって感嘆させられる。

こんな寛容な友だちのおかげで、大好きで大切な飛馬に会える。

明日一日、また仕事頑張ろう。


当日、飛馬は十分遅れでやってきた。もともと大人数で群れるのを嫌うので、いつも一緒にいる大澤と一之宮《いちのみや》と俺以外に、同じクラスの兼谷《かねや》がいたのを見て若干煙たそうな顔をしたものの、文句を言わずについてきてくれた。

どちらかと言うと兼谷はお調子者系で、天然の一之宮となぜか馬が合う。大澤と俺はたまに会話する程度。飛馬と対立するタイプでもない。カラオケボックスに入っても一之宮と奥の席を陣取って、一冊の歌本を仲良く眺めながらはしゃぎ始めた。

大澤は自然と出入り口側の席に座って、場を仕切るように飲み物や食べ物を注文したり曲を入れる係に馴染んでいくし、俺はカラオケディスプレイ側に飛馬と並んで座って、浮かれて曲を選ぶ。

そういえば飛馬とカラオケボックスに来たのは初めてだ。

「飛馬なに歌う?」

「俺はいい」

即答された。右横でソファーに沈むように座って、眠たげに俯いてしまう。

カラオケ嫌いなのかな。ボーリングやビリヤードで遊ぶ時も、やったりやらなかったり気紛れだから、いつものことと言えばそうだけど。

音楽の授業は選択科目でお互い除外してたし、飛馬の歌唱力は知らない。勉強もスポーツもそつなくこなす飛馬のことだ。きっとそこそこうまいんだろうな。歌う飛馬か……。マイク持って伏し目がちにバラードとか歌ったら、さまになりそう。

聴きたい、とうずうずしているうちに、店員がきて飲み物とスナック菓子のパーティーセットが揃った。歌も始まって、兼谷がB'z、一之宮がスピッツ、大澤はミスチル、俺はユニコーン。

「あーっ、海東の俺も歌いたかった！」と兼谷が悶える。

「はやい者勝ちだよ～」

「くそー、じゃあべつの曲歌ってやるわー。ってか、海東、歌うまいなー」

「俺より難しい曲歌いこなしといて、なに言ってんの」

雰囲気はどんどん和んでいった。一周しても飛馬が歌わないことに言及する奴がいないどころか、〝だよね〟という雰囲気になってるのが人徳なんだかどうなんだか。

薄暗い室内の隅っこで、飛馬がジンジャーエールのストローをくわえてつまらなそうにしている横顔が気になる。ここにいてくれるだけで幸せ、という自己満足がじわじわ罪悪感にすりかわってきた。できれば一緒に楽しみたいし、笑わせてあげたいな。

「……飛馬、最近なにしてた？」

話しかけたら、視線だけじろっと向けて睨まれて、

「聞こえない！」

と大声で怒られた。兼谷がユニコーンの『大迷惑』を絶叫してる。

苦笑いして同じ質問を耳打ちすると、飛馬の髪のいい匂いがした。頷いた飛馬も俺の耳に唇を近づけて「なにも」と素っ気ない返答をくれる。吐息が耳たぶをふわっとあったかくしてくすぐった。……あ、この距離感いい。

兼谷おまえ全然大迷惑じゃないよ、もっと歌ってて！

「毎日寒かったけど、風邪とかひいてなかった？」

「一回ひいた」

えっ。

「大丈夫？　寝込んだりしたの？　お見舞いに行きたかった」

ああくそっ。飛馬が辛い時にへらへら笑って働いてたのかよ過去の俺、役立たず！

「ばか。見舞いなんていらない」

飛馬は眉間にシワをふたつ刻んで、唇をムとへの字に曲げる。

カシューナッツを食べてかりかり咀嚼《そしゃく》する顔がかわいい。

その砕けたナッツごとキスしたい。抱き締めたい。

苦しいことも痛いことも哀しいことも全部、身がわりになって守りたい。

「次また風邪ひいたら飛んで行くから、連絡ちょうだい」

感極まって告げると、じいっと睨まれた。テーブルにあった歌本をぱんぱん叩いて〝いいから歌えよ〟とジェスチャーしてくる。

うーん、どうにか一緒にカラオケを楽しめないかな？

だめ元で「リクエストちょうだい」と頼んでみたら、思いがけず本をぺらぺらめくって曲名を指さしてくれた飛馬が、にんやりした。

マッチの『愚か者』——……完全にタイトルで選んだな。

えーえーいいですよ、と曲を入れて熱唱してやると、お腹を抱えてやっと笑顔を見せてくれて、みんなも「無駄にうまいしっ」と盛りあがってくれた。よかった。

味を占めた俺は、そのあとも飛馬にもらったリクエストを立て続けに歌った。

『おどるポンポコリン』『アンパンマンのマーチ』『タッチ』『ムーンライト伝説』。

一之宮が「海東、アニソンに走るのはやいよっ」と爆笑して、兼谷ははしゃぐ。

「いいじゃん、俺『青いイナズマ』と『SHAKE』入れるわ。みんなで歌おうぜ！」

「……スマップもはやくないか」

「うるせえ大澤っ、すましてないでおまえはマラカスでも振ってろ！」

一気に空気があったまって、自然と大合唱になった。マイクがなくても負けない大声で歌い合う、雑な連帯感がすごく楽しくて心が踊る。

飛馬も〝こいつらばかだ〟みたいに苦笑してくれつつ、ジンジャーエールを飲んでる。

「やばい、楽しい！　一之宮、なんで振りつけまで憶えてんのっ」

「兼谷はだめだなっ。常識だよ、常識！」

笑って騒いで、こうやって気兼ねなく会って遊べるのも、今だけなのかもな。

……いや、違うか。たぶんみんなとは会える。保証はないけどそんな気がする。

会えなくなるのは飛馬だ。飛馬だけは、きっと自分の選択した道を迷いなく真っ直ぐ進んで行ってしまう。今ここにある時間や関係に、感動も感傷も見えないから。

「なー、飛馬もせっかくだから歌おうよ」

曲が終わってから、とうとうそう切りだしたのは兼谷だった。嫌悪感っていうよりは、〝寂しいから輪に入ってこいよ〟ってニュアンスの拗ねた声音。

「いやだ」

けど飛馬は頑として譲らない。

「なんでさ～、一曲だけでも歌おうって。海東にリクエストしてたし、歌とか知らないわけじゃないいんだろ？　アニソンでもいいから」

「下手だからいやだ」

「謙遜《けんそん》するなよ～、マニアックなのでもいいよ？」

だんだん飛馬の顔から笑顔が消えて、無表情に逆戻りした。いつもは世話係の大澤も我関せずで、すましてポテチ食べてるし。でも見かねた俺が「俺とデュエットする？」と助け船をだしたのがさらにだめだったらしい。

歌本を取って怒りの形相で俺に押しつけ、

「なら一曲だけ歌うから、おまえが選べ」

と指名された。すかさず無言で尾崎豊《おざきゆたか》の『I LOVE YOU』を入力。

「……お願いします」

「おまえな……」

一生に一度の嘘の夢でもいいから〝アイラブユー〟って聞きたいんだよっ！

イントロが流れて、みんな「名曲きたーっ」とぱちぱち手を叩いて喜んだ。明るい曲が続いたからバラードを差し込むタイミングもちょうどよかったみたいだ。

俺の右横で飛馬がマイクを片手に目を伏せて、小さく息をつく。飛馬が歌うってことでみんなも息を詰めたのがわかって、俺も思わず居ずまいを正して膝に両手をおき、飛馬の横顔に魅入った。

切ない曲調が心を刺激して感情も昂《たか》ぶる。ああもう飛馬好き。好きっ。

そしていざ飛馬がくちを開いて、あいら……──うっ。

「ぶっ……──あはははははっ、飛馬、待っ……、」

「ひでえ、ひどすぎる！　ふっはははははっ」

一之宮と兼谷が遠慮もへったくれもなく大笑いしだして、大澤もくちをおさえて必死に笑いを堪えた。飛馬はきりっとディスプレイを睨んで歌い続けてるけど、声ががたがたでちっとも曲のリズムにのれてない。

あ、飛馬、もしかして本当に、ものすごく、おんち……？

「ひ、ひははっ、飛馬、勘弁してっ」

「全然アイラブユー言えてないっ、切なくないっ！」

みんなが大爆笑して転げまわるなか、俺は飛馬の唇と真剣な目を呆然と見つめていた。

なんで、と思ったからだ。

笑われてることに気づいているはずなのに、なんで歌い続けてるの……飛馬?

「はあ……ひぃ、はあ……っ」

「腹いたい……つらいっ」

笑い声に邪魔されながらも、結局飛馬は堂々と最後まで歌いきった。

一部始終息を呑んで見ていた俺は飛馬の身体から後光みたいな輝きを感じて震えてた。下手でも不器用でもやりきる勇気のある姿が格好よかった。俺には真似できない。絶対いたたまれなさに負けて真っ赤になって、否応なしに中断して逃げたはずだ。

……音がやんで、飛馬がマイクを置く。すると狭い室内は急に静まり返って〝笑った奴らの方が非道でみっともない〟みたいな緊迫した空気一色に満たされてしまった。

鋭い目で飛馬が俺を見返す。はっとしてお礼をくちにしようとした途端、立ちあがって出入り口のドアの方へ行ってしまった。

「あっ、飛馬!」

腕を摑んで引き止めたけど「帰る」と振り払ってでて行く。

「飛馬、待ってよっ」

行かせるもんか、とドアのすぐ外でもう一度腕を摑んで、引き寄せて抱き竦めた。すぐに足を蹴られたし、もがいて暴れられたけど離さない。

「嬉しかった、飛馬。ありがとう」

「慰めなんていらない！」

「違うよっ、本当に格好よかったよ！　素敵だったし、かわいかった」

「お世辞もいらない」

「そんなこと言わないってばっ。本当に本当だよ！　忘れない」

好きだよ飛馬、と怒鳴りそうになって呑み込んだら喉が痛んだ。

飛馬のこういう潔さと強さがどうしようもなく好きだ。でもだからこそ他人との繋がりも過去も捨てて生きられる人に違いないと痛感する。自分が不必要な存在だったんだって思い知るのは、きっと卒業してからなんだろうな。

「……ほんとに、一生忘れない」

歌の雰囲気に浸りきったせいか、切なさの余韻も相まってすこし涙がでた。

「なんでおまえが泣くんだよ」

だって俺は今のままの自由な飛馬が好きだから、変わらないでって言えない。忘れないでとも言えない。恋人になってほしいなんて、もっと言えない。

「……戻ろうよ飛馬。カラオケの制限時間、まだだから」

「制限時間？」

「その間だけでいいから遊ぼう。また俺が飛馬のリクエストを全部歌うから聴いててよ」

時間設定のあるカラオケボックスでよかった。じゃなきゃごねられないよ。

大人しくなった飛馬の上半身をすこし離すと、尖った目で俺を見あげて「なんでも歌うのか」と問うてきた。もちろん「うん」と頷く。

「『マジンガーZ』も?」

「うん」

「『ルパン』も?」

「いいよ」

「『エヴァ』も?」

「歌わせてください」

「よし」

無邪気に笑った飛馬が「『ヤマト』もな」と続けた唇を、ちゅと食べさせてもらった。

あ……またこわい顔になった。

「とっとと戻れ!」

どんっ、と身体を押し剝がして、部屋のなかへ蹴り入れられる。

「わっ、いててっ」

「黙れ、ばか」

背後から押されてソファーに倒れ込むように座ったら、横にきた飛馬は俺の膝を枕にし

て寝転がった。ひ……膝枕ってっ。

みんな〝何事だ？〟〝解決したか？〟みたいに目を瞬いている。「おら、さっき言ったの全部歌えよ海東」と膝の上の飛馬に怒られるのも……本望です。

真正面にいた大澤は微苦笑して「……ったく」と洩らした。「なに歌うって？」とも訊いてくれたので、曲名をあげて入れてもらう。

兼谷と一之宮は両手を合わせて〝俺たちのせいなのに悪いな〟〝ありがとう〟みたいにこそこそ謝ってきた。苦笑いして〝よしてよ〟と手を振る。なんせおかげで久々の膝枕だもの、膝枕。

『マジンガーZ』のイントロが始まってからは、そりゃあもう幸せいっぱいで精一杯熱唱した。みんなもまた吹きだしてくれて明るさを取り戻し、ほっと一安心する。

続けて『ルパン』が流れだしたのと同時に、

「海東、チョコ！」

と、飛馬が下方からくちを開けて俺を睨みあげてきた。チョコ？　と首を傾げてキスチヨコを取ってくちに入れてあげたら、もぐもぐ食べる。このかわいさったら……。

「お豆！」

「おま……あ、カシューナッツ？」

命令される都度食べさせてあげて『ヤマト』まで歌いきった。

その後は兼谷が「腹減ったからピラフ食う」と言いだしたのを皮切りに、みんなで歌を中断してパスタやピザやサラダを食べながら雑談した。

兼谷が神妙な面持ちで「……実はさ、」と切りだす。

「実は俺、伊藤《いとう》のことが好きだったんだよ」

「えっ。伊藤さんって隣のクラスの女子？　ショートカットでさっぱりした感じの……」

「そう。一年の頃に同じクラスで、三年間ずっと片想いしてた」

驚いたのは俺だけで、大澤と一之宮はすでに知っているようすだった。平然と「兼谷も一途だよな」「卒業式に告白するの？」などとこたえて料理をつまんでいる。

どうやら今日兼谷が仲間入りしていた理由も、この恋愛相談にあったっぽい。

うちの高校はもともと技術系の男子校で、俺らの先輩の代から普通科ができて共学化が始まったんだけど、まだ募集人数が少なくて女子はクラスにふたり程度しかおらず、逆ハーレム状態。当然モテるし競争率も高い。

「やっぱ告白するべきだよな……卒業したら会えないだろうし」と溜息まじりに兼谷が。

俺は膝の上にいる飛馬の前髪を左手で撫でて、告白か……と見下ろした。寝てる。

「ええと……兼谷はもともと伊藤さんと仲いいの？」

「普通に話すぐらいだよ。伊藤が誰とでもわけ隔てなくしゃべるいい奴だからね」

わかる。俺も接点はないものの、伊藤さんには気さくで賢いイメージを持ってた。男があからさまに〝あわよくば〟って興味を向けても、受け流して平等に接するような。

「でも告白っつってもさあ、同じこと考えてる奴、大勢いると思うんだよね……俺、絶対ふられるよ。ずるずる引きずるより、卒業式にふられておいた方がいいのかなあー……」

大澤が「三年経ってもうしろ向きだな」とパスタを食べて冷静に突っ込む。

兼谷はピザを食べて「そりゃそうだよ」と反論。

「だって怖ぇじゃん。〝好きになれない〟って言われたら、存在ごと嫌われた気にならない？」

「友だちとだってセックスしないけど、ちゃんと友情があるだろ。曲解もいいところだ」

「うるせー。理屈っぽいんだよ大澤は。おまえみたいに頭も外見もいい奴にはわかんねえよな、髪型かえたり体育祭で目立つためにはりきったりする涙ぐましい努力！　でも俺もお手上げなの。どうしたら俺のこと好きになってくれんの？　は～……もう手遅れか」

周囲の部屋から微妙な歌声が聞こえてくる。

カラオケディスプレイには新曲リストがうつしだされて、ゆっくり流れていた。

〝好きになってもらう方法〟という言葉が頭から離れなくて、俺はぼんやり反芻《はんすう》しながら、飛馬の真綿みたいな前髪を撫で続けて呟く。

「その……〝好きだから、好きになってもらいたい〟って、違くないかな」

「は？　どこが？」

「〝好きだから、幸せにしたい〟ならわかるんだよ。好きになってほしいって望んでいいのは、相手をちゃんと幸せにしてあげられてからだと思うから」

「なにそれっ！」

うわっ、ものすごい変な顔された。焦ってフォローのつもりでつけ加える。

「好きって気持ちは、自分を幸せにするためのものじゃないんじゃないかな……なんて」

「海東いくつだよ、考え方がおっさんみたいだね」

「お、おっさんっ？」

「とりあえず付き合ってもらうのはいいじゃん。で、自分を好きにさせればいいんだよ」

「好きに〝させる〟の？」

「付き合うってこたえてくれたなら嫌いじゃないってことだし、可能性はあるだろ？」

「その試用期間みたいのって、なんで友だちじゃだめなのかな……？」

「友だちのままだったら、他の奴に取られちゃうだろうがっ、ばかだな海東！」

うんざりさせてしまって、俺は苦笑いして後頭部を掻いた。

いろんな恋愛観があるのは当たり前で、そこに正否がないのもわかる。重要なのは自分と自分の好きな相手が同じ価値観を持っているかどうかなんだ。差がありすぎちゃ、友情も愛情も育《はぐく》めないから。

俺が兼谷に突っかかるのもエゴだけど、なんか我慢できなかった。

〝恋人になってあげる〟って言われて兼谷は幸せになれるかな。

伊藤さんだって時々話してただけの男に〝とりあえず付き合って好きになって〟って迫られて戸惑わないかな。

俺なら自分の恋情より、好きな人の自由を守りたいよ。飛馬が自分といて幸せを感じてくれたうえで、飛馬の意志で〝一緒にいたい〟って望んでもらえたら一番嬉しいな。

……とか言いながらたまに弱って、キスさせてもらっちゃってるんだけど……。

「海東ってほんとお人好しだよね。そんなんじゃ好きな人も簡単に奪われちゃうよ?」

兼谷がとうとう哀れむような眼差しなって、俺もいたたまれなくなってきた。

「奪うもなにもないっていうか……」

「自分のものにしたいって思わないの?」

「〝もの〟じゃないだろ?」

「おまえも理屈っぽいな～……」

大澤と一之宮もくすくす笑う。

するとその時、

「――……うっとうしいな」

飛馬が俺の膝の上で呟いた。目を閉じたまま顔をしかめて、吐き捨てる。

「三年ももたもたしてた自分棚にあげて、えらそうにこいつのこと責めるんじゃねえよ」

……こ、〝こいつ〟って俺？

飛馬、もしかして庇ってくれた……？

ぼわっと顔が紅潮して、震えた左手を飛馬の額からぱっと離した。

顔をあげると大澤と一之宮がにやにやしていて、兼谷は「な、なっ」と狼狽《うろた》えている。

膝に感じる飛馬の頭の重みがじんわり広がって痺れた。不愉快そうな横顔が急に尊くなって、そのまま左手を握り締める。

ありがとう。俺だって飛馬になにもしてあげられないで、えらそうなこと言ったのに。

ごめんね。好きだよ。もう一度キスしたいな。……本当にごめん。

カラオケボックスをでたら、あっさりおひらきになった。

兼谷はすっかり落ち込んで、一之宮に「元気だせよ」と宥《なだ》められて去って行ったし、飛馬も眠たそうにあくびしてさっさと帰ってしまった。

せめて目を見て〝また卒業式にね〟ってちゃんと別れの言葉を言いたかったな……なんて身勝手に萎んで、俺は大澤と同じ電車に揺られて帰路につく。

出入り口側の手すりに摑まる俺の左横に、大澤がつり革に手をかけて立った。

バイト帰りに見るのと同じ橙色に潤んだ太陽が建物の合間に見え隠れすると、また日常が戻ってきたようで、今日楽しかったなあと実感して、もう飛馬がいないことに気づく。

「なあ、海東。黙ってようかと思ったんだけど、やっぱ一応言っとくわ」

「ん？　どしたの意味深に」

「いや、まあ飛馬のことなんだけどさ」

飛馬の？　と大澤を見返すと、肩を竦めて唇で苦笑する。

「あいつほぼ毎日きてるんだよ、学校に」

「え、毎日って……自主登校なのに？」

「俺も私用があってわりと頻繁にいってるんだけど、飛馬もだいたい教室で寝てる」

「ふうん……飛馬、家族とあまりうまくいってないみたいだもんな……」

家に居づらいのかな。毎朝起きて制服に着替えて電車に乗って、がらんとした教室へいってまでひとりでいる飛馬を想像すると寂しくなった。

「大澤、ありがとうね。今度飛馬に、またうちにおいでって誘ってみるよ。ばあちゃんもきちんと両親が揃っていても、孤独はあるんだな。

飛馬のこと好きだし」

「……。おまえの感想それだけ？」

「へ？　だけって？」

大澤に、はああ～……と長い溜息をつかれた。

「鈍感だな……飛馬はおまえに会いたいんじゃないのかって言ってるんだよ」

「はあ？　まさか。だって飛馬は俺がバイトしてること知ってるよ」

「いつ休みかは知らないんだろ？」

「そうだけど、休みに学校へ行くとも限らないじゃん。いくらなんでも勘ぐりすぎ」

偏見を持たずに見守ってくれるのは嬉しいけど、大澤もほんと人がいいなあとしみじみ笑ったら、癪《しゃく》に障ったのか目を細めて睨まれた。意趣返しのように言う。

「飛馬の寝てるのがおまえの席だって言っても笑えるのか？」

「え……」

「おまえがまだ家に持ち帰ってないジャージの上着、あれ羽織って寝てるんだぞ。それでも笑えるか？　え？」

「えええっ!?　なっ、ジャ……――えええっ!?」

「窓際のおまえの席の日差し加減と、おまえのサイズのジャージがいいんだってさ。自分のジャージはとっくに持って帰ったそうだよ」

ジャージ……。確かに席替えしてから飛馬は廊下側の席で、ジャージも飛馬はM、俺は腕が長いから袖調整のためにLサイズだ。冬場は体育の授業以外でも着てて、椅子の背もたれにかけたまま忘れてた。

それを飛馬が着てたなんて、ど、どうしよう……幸せすぎて震える。

「俺、あのジャージ一生洗わない……」

横から後頭部をぱしっと叩かれた。

「あほ。おまえの仕事が夕方頃に終わるんなら、今度顔だしてみれば。俺も飛馬を誘って一度一緒に帰ったけど、飛馬は海東じゃないとだめなんだっていやってほどわかったわ。今日だってカラオケがあんなに嫌いなのにくるってさ……見てるこっちが照れるって」

大澤がなにを思ってみんなで会う計画を立ててくれたのか、理解できた気がした。

「……わかった。ほんとありがとうね。近いうちにバイト帰りに学校へ寄ってみる。飛馬の胸のうちはともかく、俺は毎日でも飛馬に会いたいし」

「はいはい、ごちそうさま」

ふわふわした心持ちで電車に揺られて、二駅後、大澤が先におりた。ホームにでても俺の正面に立って、扉越しに見送ってくれる律儀さが大澤らしい。

じゃあ、また学校で。

発車のメロディが鳴る。大澤が笑顔で右手を振って、俺も振る。


数日後、登校してみたら飛馬は本当に俺の席で寝てた。

すでに日も暮れて薄暗く、横のガラス窓の外には太陽の淡い余韻だけ残した薄藍《うすあい》色の夜が広がり始めていて、生徒もいなかった。

正面の席に座ってしばらく飛馬の頭を撫でて待っていたけど、そのうち我慢できなくなって髪にキスしたら、はっ、と起きて身を引いた飛馬は、猛烈に不愉快そうな形相で俺を確認し……見る間にしゅるしゅる肩の緊張をといた。

『バイトは』

それが第一声。

『もう終わったよ』

『……ふうん』

飛馬の寝ぼけた無表情を心なしか綻んでいるように錯覚したのは、大澤の大げさな応援に自惚《うぬぼ》れたせいかな。

『もう帰るから、一緒にごはん食べていかない？　バイト代でたからおごるよ』

『うん』

『なに食べたい？』

『……。ハンバーグ』

『じゃあ駅の向こうのハンバーグ屋に行こっか、あそこサラダがバイキングだし』

『うん』

……飛馬。

『ずっと寝てたの？』

『寝てた』

朝からずっとどんな気持ちで、ひとりでいたの。

『ほっぺたにジャージのシワがついてるよ』

『ん……？』

そのジャージ俺のだよ、飛馬。

『飛馬』

『……ん』

『本当は、毎日すごく会いたかった』

好きだよ、と続けそうになるのを今日も呑み込んで押し殺して、キスで塞《ふさ》いだ。

今は理由もなく会えるけど、卒業したら違う。ただ会いたいなんて叶わないだろうな。

俺、きっかけとか言い訳とか、いくつ探せるだろう。ばかだからすぐ限界がきそうだよ。

離れたくない。毎日一緒にいられるだけでいいのに、別れの日がどんどん近づいてくる。

時間ってやっぱり、どうしたって止まらないね。

くちを離すと、飛馬は湿った唇をへの字に曲げて、じぃと俺を睨んだ。

『……おまえのハンバーグは高くつく』

——これが最後のキスなのかなって、あの頃はいつもそんな傲慢さでいっぱいだった。

高校生活の残り一ヶ月は、極力バイト帰りに飛馬と学校で落ち合って、夕飯を食べて過ごすようにした。

卒業したら飛馬はグラフィックデザインの専門学校へ進学する。

最初にそう聞いた時は、

『いつか一緒に仕事ができるかもしれないねっ。俺、飛馬に仕事いっぱいまわすよ！』と浮かれて、すげなく『そんなうまくいかないよ』とあしらわれてしまったけど〝うまく〟って言葉は、前向きに受け取った。

そして迎えた卒業式当日。

俺たちは〝飛馬〟と〝海東〟で出席番号順に隣り合って座り、開式の辞を聞いた。

小、中学校と違って仰々しさの欠片もなく、保護者も在校生も少ない淡々とした式で、卒業証書も代表者がまとめて受け取るだけで終わってしまった。

ちなみにうちのクラスの代表はもちろん大澤。卒業生答辞も担当してた。

ほかに憶えていることと言えば、校歌と卒業の歌の合唱をする間、飛馬がムッとくちを結んでいたことぐらい。体育祭なんかで校歌を歌わなかった理由も、単に硬派だからじゃないとわかってしまった今は、嬉しいようなこそばゆいような感情が込みあげてきて、横目で見て笑いを嚙み殺して俯いて、足を踏まれた。

飛馬の些細《ささい》で他愛ない事情のなかでこんなふうにちゃんと知られたことより、今日この瞬間知らないまま終わってしまうことの方がはるかに多いんだろうな、と思った。

式が終わって気怠げなクラスメイトの背中を見ながらずらずら並んで退場していく時、俺の前には飛馬がいた。

襟足に小さな寝癖を見つけて、そういえば卒業式だってのに今朝もちょっと寝坊してきたな、飛馬にとっては授業も卒業式もかわらないんだろうなあ、と考えていたら、唐突に激しい感傷が迫りあがってきた。

それで、校庭にでてすぐ、

「あす、」

と呼び止めようとしたら、突然背後から誰かに首をぐいっと絞めてタックルされた。

「海東！　ちょっと聞け!!」

「あっ、ぐぅ……——か、兼谷っ!?」

「マジでありがとう、おまえのおかげだよ!!」

なんだかすんごい浮かれてるっ。飛馬も前方で足を止めて振り向いた。

兼谷は気を抜けば絶叫になりそうな声音で、にやにやにこにこ言う。

「さっきさ、伊藤に告白したんだよ！」

「うぇっ、告白!?」

「『幸せにしたいから、とりあえず友だちになって、卒業しても会ってください』って。そうしたら『すごい嬉しい告白、ありがとう』って、こたえてもらっちゃったよ!!」

飛馬が冷めた声で「おまえの本心と違うじゃねえか」と抗議したら、兼谷は「あれから反省したんです～」と舌をだしておどけた。

「海東、マジでマジでありがとう。大澤と一之宮が〝恋愛相談なら海東にしてみれば〟って言っててさあ、マジそのとおりだったわ！」

「えぇっ、あいつらそんなこと言ってたの!?」

「一生忘れない！　一生感謝する！　ンじゃな!!」

おどけた兼谷は俺のほっぺたに「むちゅ～っ！」とキスして嵐のごとく去って行った。ほとんどスキップみたいな歩調で、校庭を突っ切って校舎に入る。

唖然《あぜん》と見送っていたらこめかみあたりに視線を感じた。飛馬だ。ちら、と俺の頬を見て目を眇《すが》める。……兼谷にぶっちゅっとされたところ。

変に焦って反射的にごしごし拭ったら、

「なんだよ」

と言われた。

「え。なに、って……？」

「俺のこと呼び止めようとしたろ、さっき」

さわさわ風が吹き抜けて、視界が一瞬霞《かすみ》がかる。……なんでだろう。飛馬は時々俺のばかな面や不器用な言葉を、こうしてちゃんと受けとめておいてくれて俺を驚かせる。

誰にも言わずにいる寂しさまで、全部バレてるんじゃないかって、そんな――。

「……そういえば、おまえのばあちゃんきてなかったな。会いたかったのに」

ぱん、と理性が破裂して、今度こそ飛馬の手を取ってはや足に歩きだした。

生徒や保護者や教師が写真撮影して、幸福そうに笑い合っている群れをよけて急ぐ。

「おいっ」

咎《とが》めるような声で呼ばれても無視した。

桜もない肌寒い三月の、白んだ風を突っ切って飛馬の細い手首の体温を想う。

脳裏には一緒にいられた一年間の日々が蘇ってきて、冷静になるために断ち切ろうとするのに、まるで千切れば千切るほど増える紙みたいに溢《あふ》れてとまらない。

「飛馬」

プールの横、体育館裏の壁に飛馬の背をつけて目を見つめた。

当惑と怒りまじりの眼差しは俺を真っ直ぐ見あげてきたけど、拒絶や抵抗はなかった。

掌《てのひら》で大事に飛馬の両頬を包んで、ゆっくり唇を重ねる。それでも、閉じた唇は決して開かないかわりに突き放すこともない。

薄くて柔らかい唇。すこしだけ舐めてすこしだけはんで、ごめんと想って吸い寄せる。

一年前、飛馬の隣にようやく馴染んできた頃、

『おまえ、空気みたいだね』

と言われたことがある。屋上のベンチに座って、飛馬は俺の肩に寄りかかって半分寝ていて、空は凝視していると呑まれて落っこちて行きそうなぐらい青かった。

『おまえは知らない間に横にいて、ずっといても苦しくない。……なんか不思議だ』

心臓の下のあたりがじりじり痺れて痛くてしかたなくて、涙がぱらぱらこぼれる。

「……飛馬、」

好きだ、と何回も言おうとした。でもできなかった。

この関係に俺の欲を差し挟みすぎたら、飛馬の息が詰まってしまうと思ったからだ。

空気でいたかった。飛馬を苦しめない存在でありたかった。

そのかわりくちづけてる間だけ呼吸を止めて、俺が傍にいることを感じてほしかった。

「飛馬……飛馬っ、」

重なる唇の隙間から嗚咽が洩れてキスすらしていられなくなると、がむしゃらに力いっぱい抱き締めた。

手を離したら終わりだ、これで最後だ、と飛馬の首筋に顔を埋めて制服を握り締めて呻きながらおいおい泣いてるうち、ああ迷惑かけてる……という後悔が頭を冷やし始める。

哀しみで麻痺していた耳に遠くの生徒の声も届いて、現実が戻ってきた。

「海東」

「……はい」

だけど長い間黙って待っていてくれた飛馬は、こう言った。

「ハンバーグ、食べ行くか」

「……。へ」

まだ離せなくて腕の中に捕まえたまま顔を覗き込むと、鋭い目ですっと見あげてくる。

「毎日おまえがおごってくれてたから、今日は俺がおごる」

……飛馬。俺のこと気持ち悪いって言っていいんだよ。ばか野郎って怒鳴って蹴って、軽蔑していいんだよ。今日なら、縁が切れて清々した！　って捨てゼリフもありだよ。

なのになんでここで〝ハンバーグ〟……？

「……い、」

「〝い〟？」

「行きます……」

「よし」

かなわない。ほんとかなわないって想ってまた抱き竦めた。

――……この一週間後、飛馬は俺の家でばあちゃんと仲よくおはぎを食べて、素知らぬ顔で『海東、おかえり』って迎えてくれるんだけど、それはまたべつの話だ。

社会人になってからのはなし

その夜、車を運転していたら飛馬《あすま》から電話がかかってきた。

慌てて路肩に車をとめて「はい」と携帯電話にでると、飛馬のすこし低い柔らかい声が耳を撫でた。

『海東《かいとう》。来月引っ越すことにした。荷物運び手伝ってほしい』

「引っ越し？」

『うん。業者に頼むと高くつくから、一日レンタカー借りてすませたいんだ。……時間、あるか？』

「来月のいつ頃？」

『半ばがいいんだけど、おまえの都合に合わせてもいい』

「あはは。引っ越すのは飛馬なのに、俺に合わせることないでしょ」

『でもおまえの方が忙しいだろ？』

「まあ暇じゃないけど……じゃあ十六日頃はどう？　次の十七日もあけようと思えばあくから、一日で終わらなければ二日間付き合うよ」

『本当か？　ありがとう。ならそれで頼む』

「ン、わかった」

——高校を卒業してから五年目の夏。飛馬はデザイン事務所に就職して三年経ち、俺は勤めていた出版社を退職してフリーライター兼カメラマンとして仕事を始めていた。

仕事を安定させるために必死だったせいで、飛馬と話をするのは久々だった。

春に『会社を辞めるよ』と報告しに行って以来、一度電話で話したきりだったから、改めて考えると声すら聞かずに三ヶ月も経っていた。

もちろん飛馬を想わない日はなかったけど。

「……飛馬、元気だった？」

『相変わらずだよ』

「そっか。引っ越し先は今の家から遠いの？」

『すこしな。最寄りはT駅になる』

「え、本当に？　俺のうちから数駅の距離だね」

『都心は家賃が高いから、田舎にした』

「うっ……。そんな言うほど田舎じゃありません」

拗ねたら、飛馬も携帯の向こうで笑った。

そのまま会話は途切れて『じゃまた近くなったら連絡する』と飛馬が言い、さよならの挨拶を交わしたあと通話を終えた。

飛馬の声が耳から胸に沁みこむと、疲れていた身体が軽くなる。俺の心を満たすのはいつだって飛馬だけなんだな、とそう思ったら、無意識に苦笑がこぼれた。

ダッシュボードに置いていたポストイットを取り、シャツの胸ポケットからペンを抜いて『十六、十七日、飛馬引っ越し』と書く。

フロントガラスの隅にくっつけて、再び車を発進させた。


一ヶ月後、電車で飛馬のアパートへ行くと、外に一台のトラックがとまっていた。

もしかしてあれが今日つかう引っ越し用の車かな、と遠目から眺めて確認したら、案の定〝わ〟ナンバーのレンタカーだ。

アパートの階段をのぼって二階の飛馬の部屋まで行くと、部屋はドアが開け放たれていて、奥から話し声が聞こえてくる。飛馬以外にも誰かいるのかな?

「お邪魔します……」

遠慮がちに顔を覗かせたら、ガランとした室内にいくつかの家具と段ボールだけがあって、梱包《こんぽう》作業をしている飛馬と、その横に立っている長身の男が振り向いた。

「海東」

飛馬は作業を中断して、はや足で俺のところまできてくれた。

くりくり丸い頭を傾げて、

「待ってたよ。忙しいのにありがとう。今から荷物運びするから頼むな」

と、屈託ない笑顔を浮かべる。

……数ヶ月ぶりに真正面でこんなかわいい表情を見せられると、くらくらする。

卒業して働き始めて、会えない日々にも気持ちの調整ができるようになっていたつもりなのに、まだまだ大人になれてないな、と情けなく苦笑した。

「荷物運び頑張ります。……ところで、あの方はどちらさま?」

声をひそめて、奥でにっこり微笑んでいる彼に会釈する。飛馬も一瞥した。

「ああ。会社の上司だよ、柊《ひいらぎ》さん。〝おまえは力仕事なんて無理だろ〟って、手伝ってくれることになった」

「そうなんだ。確かに飛馬とふたりじゃ、家具を持つのは不安だ」

「うるさい」

笑っていたら、柊という上司さんもきてくれて挨拶を交わした。

「初めまして、柊です。今日一日よろしくお願いします」

「海東です、こちらこそどうぞよろしくお願いいたします」

上司というよりは、気さくなお兄さんといった風貌《ふうぼう》の人だ。天然パーマと思われるよれよれの髪は、耳が隠れるぐらいの長めのショート。洋服も、アイロンしていないであろうふにゃふにゃのダンガリーシャツにTシャツ、ジーパン。

笑顔には人懐っこい優しげな雰囲気があって、かなり男前だ。

「海東君、きた早々悪いんだけど、玲二《れいじ》はまだ荷物整理が終わってないから、先に僕たちだけで運べるものをトラックに詰めたいんだけど、いいかな？」

「あ、はい。すすめちゃいましょう」

「ん。僕もそんなに力持ちじゃないから、迷惑かけたらごめんね」

「あはは。いえいえ」

「本当は力仕事に一番いい奴がいたんだけど、今日は仕事の方で手が離せなくてね……」

やれやれ、と腕まくりする柊さんに、飛馬が険のある声で突っ込む。

「永峰《ながみね》先輩はいらないです。筋肉ばかなだけで、声もでかくてうるさいし」

「あーあ、そんなこと言っちゃいけないんだ。永峰の奴、玲二に〝筋肉ばか〟なんて言われたこと知ったら傷つくよ。大きいのは身体だけで、中身は小心者で繊細なんだから」

「繊細なら誰にでも愛されるってわけじゃないんです」

「玲二のこと誰よりかわいがってるのに」

「仕事では尊敬してますけど、プライベートでは関係を持ちたくないタイプなんですよ。昨日なんて、人が仕事してる横に笑顔できたかと思ったら、いきなり尻向けてオナラしたんですよ。殺そうかと思いました」

「ああ、それは殺されてもしかたないね」

不愉快そうな飛馬を、柊さんが笑顔で見下ろしている。

……〝ながみね先輩〟って、誰だろう。

飛馬はたまに職場の話をしても〝上司〟とか〝先輩〟とか〝後輩〟だけで具体的な個人名をださないから、ふたりの会話が理解できなかった。高校時代の飛馬を思うと〝尊敬してる〟なんて言葉にも違和感を抱く。

するとあ柊さんは飛馬の頭にぽんと手をのせて、笑顔のまま口調だけ厳しく言った。

「ま、無駄話はこれぐらいで。玲二はさっさと荷物を整理しなさい」

頷いた飛馬も素直に「はい」とこたえる。

……〝玲二〟か。俺は飛馬の髪に絡んだ柊さんの指を見て、引っ越しの手伝いのことだけ考えよう、と唇を引き結んだ。

そして、飛馬が「家具はほとんど処分して、新しいのを買い揃えようと思ってる」と言うので、柊さんとふたりで必要なものだけトラックに運んでいった。

階段しかないアパートから重たい荷物をだすのは、かなりしんどい。

何往復かしたあと、一番重たそうな冷蔵庫を見あげて、飛馬に「これも持って行くの」と弱々しく指さしたら、飛馬は作業の手を止めて、

「いらない。もっといいのを買う。海東、あとで買いものに付き合ってくれる」

と、縋るような目でお願いしてきた。

「あとで？　今日荷物を新居に移動し終わってから買いもの行くの？」

「海東、普段いろんな店でカメラとか見てるから家電の安い店も詳しいだろう？　行って

みたい家具店もあるし、連れて行ってほしいなと思ってたんだけど、だめかな」

……いや、飛馬に頼まれたらどこまでだっていくけれど。

「なら、はやく引っ越し作業すませないとね。飛馬は家具のデザインに拘るでしょ？　店が閉店したらまわれなくなるから」

「今日が無理なら明日でもいい。仕事休めるって言ってたろ？」

「それは」

「休めない……？」

うっ。なにこのかわいくて甘い上目づかい。

「ううん、大丈夫だよ。ちゃんと一日あけておいた。じゃあ、今日が無理なら明日ね」

「よかった、ありがとう。俺、きれいな透明のガラステーブルがほしいんだ」

飛馬はほっとしたように息をついて、荷造りを再開した。床にきれいに整列させた本や小物を段ボールのなかに丁寧に入れていく。

高校の時に見てた消しゴムのカスの山もしかりで、相変わらず几帳面《きちょうめん》というか……ものをきちっと並べる癖は変わらない。〝よーいどん〟と声をかけたら、鉛筆立てやフォトフレームや小さな消しゴムがタタタと走りだしそうだ。

「飛馬、かわいいね」

「は？」

しかしどうも今日の飛馬は動きが緩慢で、ようすがおかしいな。始終ぼうっとして覇気がないし、態度や仕草もいつも以上にかわいい。……抱き締めたい、とぽつんと思って見つめていたら、うしろからぷっと吹きだす声が聞こえて我に返った。

柊さんが笑っている。

「ふたりとも仲がいいんだね。玲二がこんなに甘えん坊だなんて知らなかったよ。友だちの前ではさすがに違うのかな？」

しまった。思わず姿勢を正して頭を下げ「いいえ、すみません」と恐縮する。

「いやいや、玲二のおもしろい面を知って、とくしちゃったよ」

「あー……はは」

「でもちょっと感心しない」

低くなった声音に、息を呑んだ。

笑顔で近づいてきた柊さんは、飛馬の前にしゃがんで、

「玲二。神経質に整理整頓もいいけど、時間を考えなさい。トラックを道にとめっぱなしにしてるんだから、近所迷惑も考えて要領よく動かないと」

と、鉛筆立てを段ボールに乱暴にぶち込む。次はフォトフレーム、消しゴム、本。

戦慄《せんりつ》して、思わず竦んでしまった。飛馬は潔癖で束縛嫌いだ。こんなの絶対許すわけがない、暴れだすに決まってる……！

飛馬、と小さく呼びかけて覗き込むと、それでもなぜか哀しそうな顔をしただけで微動だにせず「……すみません」と柊さんに従った。

「謝ってる暇があったら、さっさと梱包する」

「はい」

素直に謝ってる。あの飛馬が。あの、喧嘩っぱやい飛馬が……。

もちろん柊さんの言い分は正しいけど、普段の飛馬なら『急ぐから、汚い入れ方しないでください！』って怒鳴ったに違いない。普段の……あるいは、俺の知ってる飛馬なら。

こんな姿初めて見た。社会にでて変わったのかな。それとも柊さんだけ別格とか……？

「海東君、あとお願いできる？　これ運んだら終わりだから、僕は飲みものでも買ってくるね。下でトラック見て待ってるよ」

「は……はい」

柊さんは床に並んでいたものをすべて投げ入れると、俺の肩を軽く叩いてにっこりとでて行ってしまった。トントントンと階段をおりる足音が遠のいていく。

飛馬はガムテープを手にして、粛々と段ボールに封をしている。

「……飛馬」

声をかけたいのに適当な言葉が見つからず、呆然と突っ立ったまま黙っていたら、段ボールに太めのサインペンで『小物。ぐちゃぐちゃ』と書き記した飛馬が、

「海東、持ってくれる」

と寂しげな目で俺を見あげた。


十時をまわる頃、俺たちは柊さんの運転で飛馬の新居まで移動した。

助手席に座ってナビする飛馬は、道を知らないようすでいまいちぎこちない。

「えーと……たぶん、次を右折だと思います」

「たぶん？　いや、そこ一通だから曲がれないよ」

「え。ンー……じゃ、その次で右に」

「本当にあってるの？」

「N通りにでたいんです」

「ああ、あそこね」

柊さんに不愉快そうに吐き捨てられて、飛馬は弱々しく謝罪する。

「すみません。最近運転してないし、ここら辺の道はわからなくて……」

「自分が引っ越す場所ぐらい、事前にナビれるようにしておきなさい」

「……ずっと、忙しくて」

「仕事のせいにしない」

「はい、すみません……」

険悪なムードになっていくふたりと飛馬の落ち込んだ姿を見かねて、俺は後部座席から助手席の飛馬の肩を叩き、「家はどの辺なの」と訊《たず》ねた。

振り向いた飛馬が「……住所ならわかる」と申し訳なさそうに言う。

微笑み返して「上出来だよ。住所が知りたいから教えて」とこたえた。

表情を和らげた飛馬は、持っていた帆布バッグから引っ越し書類をまとめてるらしいクリアファイルをだして一枚の紙片を選び取り、「これ」とよこす。

……あれ、なんだ。ちゃんと地図も描いてあるじゃないか。かなりアバウトだけど。

「柊さん、俺ここならわかるからナビします。この道は直進して、抜けてください」

「お。海東君、すごい」

「いえ、飛馬の言うとおりN通りにでた方がはやいんですけど、今の時間あそこはかなり渋滞してるので別ルートで行きましょう。裏道で道幅が狭いから気をつけてください」

「了解」

飛馬が沈んだ微苦笑でこっそり「ありがとう」と言う。頭を振って、大丈夫だよというふうに笑顔を返した。柊さんも、なんとか明るい声に戻る。

「すごいなあ海東君。ここら辺のこと詳しいの？」

「近所ですし、仕事でも車で移動することが多いので、すこしだけなら」

「そうなんだ。運送業とか？」

「いいえ、フリーライターです。カメラもたまに」

柊さんが「あれ？　ほとんど同業者じゃない」と運転しながら目をまるめる。

「玲二はパッケージデザインばかりしてるけど、僕は雑誌も担当してるよ。海東君はどんなの専門なの？」

「フリーになったばかりなので、今は縁があればなんでもやらせていただいてます。パソコン関係とか車関係とか旅行関係……あとアニメの声優雑誌なんかも、最近ちらっと」

「声優雑誌……？　それちょっと詳しく訊きたいな」

あれ。意外なところに食いつかれた。

今までインタビューした声優さんや、ＤＶＤサンプルをもらって観たアニメの話なんかをしたら、柊さんのくちから声優さんの名前がばらばらでてきた。

浮かれた声で「会ったことある？」と訊かれて「その人はつい先日インタビューしましたよ」などとこたえていくと「羨《うらや》ましいなあ、いいなあ、どんな子だった？　かわいかった？　小さかった？」なんて、たたみかけてくる。

声優さんのことはまだ勉強不足の初心者であまり詳しくなかったものの、どうも柊さんの好みをまとめてみるに……ロリ声？

「そうだ、玲二。引っ越し祝いに、ほしがってたフィギュア買っておいてあげたよ」

「え、本当ですか」

……フィギュア?

へこんで沈黙していたはずの飛馬も、急に元気になって柊さんに詰め寄った。柊さんは嬉しそうににこにこしている。

「苦労して探したよ。玲二の記念すべきロリフィギュア第一号だね」

「でもあれは限定で、もう売ってなかったんじゃ」

「僕をナメてもらっちゃ困るよ玲二……。会社に届くようにしておいたから、二、三日中に渡せると思うよ」

「楽しみです……ありがとうございます」

「いいんだよ。僕はこの孤独な趣味を玲二が理解してくれただけで幸せなんだから」

飛馬の目がきらきら輝いてる。たぶん人形の話だろうけど、ロリってなんだろう……。

まあでも、飛馬が手放しでこんなに喜んでいる姿が見られてよかった。

ピリピリした空気もすっかり消えて、柊さんと飛馬が楽しそうに話を続ける。

俺は道をナビしながら、飛馬の横顔を見つめてほっと息をついたのだった。

それから三十分ほど車で走って着いた飛馬の新居は、旧居のアパートとはうって変わって結構立派なマンションの五階で、部屋もとても広かった。

なかにあがった飛馬は、奥まで歩いて行ってベランダへ続くガラス窓を開ける。

「俺は床を軽く雑巾がけします。その間に荷物を運んできてくれますか。家具も全部このリビングに置いてもらってかまわないので」

「いいけど、玲二は今夜どこで眠るの？　このあと荷物整理して片付くはずないでしょ」

柊さんの問いかけに頷いた飛馬は、ベランダから離れて左横のドアを開いた。ちょうどキッチンの真向かいにもう一部屋あるようだ。

「ここを寝室にするつもりなので、大丈夫です」

柊さんも「なるほど」と納得する。

「わかった。じゃあ海東君、行こうか。今度はエレベーターがあるから、らくちんだね」

俺は思わず笑って「はい」とこたえ、柊さんとふたりでエレベーターホールへ戻った。

静かなホールに俺たちの足音だけが響く。「玲二の新居、広くていいねえ」「そうですね」なんてひとことふたこと交わしてエレベーターを待っていると、柊さんが突然、

「海東君、ごめんね」

と謝罪をくちにして苦笑いした。

「え、なんで謝るんですか？」

「実は今日ね、僕と玲二、徹夜明けなんだよ。仕事が忙しくて会社に泊まったの。今朝トラック借りる時も約束の時間に間に合わなくて、別の社員に車で送ってもらって急いで借りて、へろへろになりながらやっとここさ玲二の家にたどり着いたぐらいなんだ」

「そ、そんなに忙しかったんですかっ?」

「そうそう。そのせいでふたりして心に余裕がないんだけど、勘弁してね」

エレベーターの扉が開いて柊さんが頭を下げてから先に乗り、俺も続いた。

ボタンを押した柊さんは、ふうと大きく息をつく。静かに下がり始めたエレベーターのなかで、さり気なく彼の横顔を盗み見たら、確かに目の下にうっすらクマがあった。

寝不足で力仕事じゃ辛いだろうに、飛馬を思ってきたんだな……。

「柊さん、重たい荷物はなるべく俺が持ちますね」

「あ、そんなつもりじゃなかったのに」

「いいえ。困ったことがあれば言ってください。なんでもやりますから」

この人に負担をかけないように努めよう、と思った。飛馬の上司なんだし、飛馬のためにも緊張感を保って接しないとだめだ。

「ふふ。海東君は優しいな~……玲二が甘えたくなるのもわかるよ」

「あ、甘えるってそんな、」

……それに、いくら柊さんが今現在毎日職場で飛馬の面倒を見ている上司だとしても、俺は〝うちの玲二が徹夜して迷惑かけてごめんね〟なんて目線で見られたくなかった。

「引っ越しはプライベートなことだから、会社の人を巻き込むべきじゃないのに。わざわざ手伝わせてしまって本当申し訳ないです。飛馬にかわって、お詫びします」

情けないけど、これは嫉妬《しっと》だ。

俺の方がずっと昔から飛馬を知ってる。たとえ呼び捨てで呼び合う仲じゃなくとも、優しく叱りつけて素直に従わせる力がなくとも、俺の方がずっと長い時間、飛馬を想って大事に守ってきた。

ちっぽけな男でもいいよ。他人に飛馬の保護者面されるのは、絶対いやだ。

「海東君……」

柊さんは目を瞬いて俺を見返した。へらりと苦笑して後頭部を掻いた瞬間、エレベーターが一階について扉が開く。

奥、さ……。

「ふうん……海東君は玲二の友だちっていうより、奥さんみたいだね」

愉快そうに含み笑いした柊さんが、駐車場へ向かって歩きだした。俺もエレベーターをでてあとをついていく。

「……旦那じゃ、ないんですね」

「うん、世話女房」

「世話……」

「高校時代からの付き合いって聞いてたけど、当時からずっとこんな感じなのかな?」

こ、こんなって。

「あーでもわかる気がするなー……玲二は一見潔癖で人間嫌いっぽいけど、実際はものすごく天然ちゃんで脆《もろ》いから、社内でも海東君みたいに面倒見のいい人間に好かれてるよ」

脆い姿を、見たことがあるんだ。そう思ったらつい、

「柊さんも、その……脆くて天然な飛馬を、好いてるひとりなんですか」

と、ぽろりと嫉妬をこぼしていた。

失敗したかも、と後悔した時にはすでに手遅れ。

俺を振り向いた柊さんは奇妙なほど人懐っこい笑顔になって、

「声が震えてるよ、海東君？」

と、返答をはぐらかした。


やがて雑巾がけをすませた飛馬も加わって、午後四時になる頃にはなんとか荷物を全部運び終えた。

家具は部屋の奥の方に乱雑に並び、段ボールは手前に適当に積みあがっている。歩くスペースはかろうじてあるものの、飛馬ひとりで整理するのは大変だろうなあ、と見まわして軍手をはずした。段ボールもすべて開梱するには何日かかるやら……。

飛馬は段ボールの山に腰掛けて心底しんどそうに俯き、柊さんは入り口付近で立ってペットボトルの麦茶を飲んでいる。

ベランダの側の家具の間に突っ立っていた俺は、飛馬に歩み寄って、

「飛馬も喉渇いたんじゃない？　柊さんも腹減ってるだろうし、俺、ちょっと買いものに行っ……」

瞬間、置いてあったラックの部品に、右腕の袖を引っかけてしまった。

ラックがグラリと揺れて慌てて支えるも、斜めに傾いた拍子にビリッと音を立ててシャツが破れる。

「あ」

「海東、大丈夫か!?」

飛馬が焦って駆け寄ってきてくれた。俺は「大丈夫、大丈夫」と笑って右腕をあげ加減にし、破れた部分が広がらないように左手でラックを摑んで立てなおしつつ、引っかかった袖とラックの部品をそっと離す。

目の前にきて俺の腕を覗き込んだ飛馬は、

「穴ぼこあいちゃったじゃないか……間抜けだな」

と、肩を落とした。

シャツを脱いで確認したら、確かに生地が裂けて二センチぐらいの穴ができている。

うーん……、と破れた部分を凝視した。この深いブルーグレーの無地のシャツは、何年も前に買って以来、気に入ってずっと着続けていた。胸元のふたつのポケットはどちらも

何度もボタンがはずれて、今では買った時と違うボタンがついているほどだ。

「自業自得だよ、しかたない。帰ったら縫ってみる」

飛馬に笑いかけたら、唇を尖らせて睨まれた。

「おまえ、裁縫なんてできるのかよ。家庭科の授業いつも寝てたくせに」

「ふ、普通にジグザグ縫うぐらいなら、なんとか」

「そんなのまたすぐ千切れるぞ。だいたい裁縫道具自体、家にないだろ」

「そうだね。今まではばあちゃんにお願いしてたからなあ……。こういう瞬間、いつも助けてもらってたこと思い出して感謝するよ」

項垂れて俺が苦笑いすると、飛馬は目をぐっと眇めて、いきなりシャツの穴に「ぶす」と右手の人差し指を突っ込んできた。

「うわ、こら！　広がっちゃうでしょうがっ」

「間抜けなおまえに罰を与えてる」

「ただのいじめですっ」

飛馬の手を摑んで半泣きになって離させた。

柊さんはからから笑って「ジュースなくなったから買いだしは僕が行くよ。ふたりともゆっくり休んでなさい」と身を翻す。

はっとして「俺が行きますっ」と引き止めようとしたけど、無視してさっさとでて行ってしまった。

「あー……よかったのかな。俺が行くべきだったのに」

飛馬がすっと俺を見あげて首を傾げる。

「なんでおまえが〝行くべき〟なんだよ」

「そりゃあ、飛馬の上司だからでしょうよ」

「自分から行くって言いだしたんだから上司もなにもないだろ。それに〝行くべき〟って言うなら、おまえより俺だよ。引っ越し手伝ってもらった張本人だからな。でもいい。あの人、俺の荷物ぐちゃぐちゃに入れたから、パシリ一回させて許すことにする」

わ。飛馬らしい発言きた。

「根に持ってたんだね……」

「当然だろ」

ちょっとほっとしたかも。しおらしい飛馬もかわいいけど、俺はやっぱりガキ大将みたいに威張ってる飛馬も好きだし……知らないうちに、変わらないでほしいから。

「でも柊さんに聞いたよ。昨日ふたりして会社に泊まって、ほとんど寝てないって」

「……余計なこと教えやがって」

「飛馬のようすが変だったから納得した。上司さんに失礼なことできないし、そんな状態で一日手伝ってもらったんだもの、帰ってきたらちゃんとお礼言おうね」

柊さんの真似をして軽く叱りつけるような言葉を言ってみたら、飛馬は唇をひん曲げて俺をじりじり睨んだあと、つんとそっぽを向いてしまった。

「お礼を言ったら仕返しになんない！」

……だめか。でもいいかな。俺はこのままの、こういう飛馬が大好きだもの。

「海東、あの人になにを吹き込まれたんだよっ。おまえは俺よりあの人の味方か!?」

「へ？　なにも吹き込まれてないし、味方なんて考えてないよ」

「おまえがなにを信じようと誰に騙されようと勝手だけど、忠告しておいてやる。あの人を甘く見たら後悔するぞ。頭のなかは病んでるし、腹のなかは真っ黒なんだからな！」

「腹黒なのか……だったら余計正直に接した方がいいんじゃない？　裏がある人に裏で接しても、腹の探り合いになって疲れるだけだよ。意地張って不愉快な思いさせたら、陰湿な仕返しされそうだし」

「くそ！　結局そうなるのかよ!!」

飛馬は急に不機嫌になって、歯ぎしりした。

あれ？　あの素直な態度は、単なる自己防衛策だったのかな。柊さんを好きだから従っていたってわけでもなさそう……？

寝不足と力仕事で疲労がたまっているせいか、飛馬はいつにも増して苛ついて、どんよりした顔になった。怒っても感情を露《あら》わにすることは滅多にないのに。

「……俺、安心したよ」

「あ？」

「飛馬にとって柊さんて、特別な存在なのかなと思ったからさ」

「はあ!?　俺はあんな狡賢《ずるがしこ》い奴は苦手だ。ああ、いろいろ思い出して腹が立ってきた！」

飛馬が右足をあげて、どすどす地団駄を踏む。

俺は吹きだして「下の階の人に迷惑だからやめなよ」と飛馬の腰を両腕で抱き寄せた。〝大丈夫、大丈夫〟というふうに背中をさすってあげると、飛馬もくちを結んで徐々に大人しくなる。右のこめかみに頬を寄せたら、髪から甘い香りがした。

やがて飛馬は、

「……穴ぼこ、ごめん」

と、俺の左手にあるシャツをじっと見下ろして、ぼそぼそ呟いた。

堪らなくなって、強く引き寄せる。

「……会えて嬉しいよ、飛馬」

「なに甘えたこと言ってるんだよ」

「本音だから」

「お互い仕事が忙しかったろ」

「そうだけど、毎日飛馬のこと考えてたよ」

「俺は忘れてた」

「引っ越すって決めて、久々に思い出してくれたの……?」

「ん」

「ひどいなー……でもそれが本当なら、引っ越してくれてよかったよ」

抱き締めて静かに立ち尽くしていたら、飛馬が顔をあげた。

ふいに瞳の奥に深刻な色が増して翳《かげ》る。あ、いけない、と予感した瞬間、切りだされてしまった。

「——海東。ばあちゃんの葬式に、どうして呼んでくれなかったんだ」

極力さけたい話題だったけど、話さなくちゃいけないことだとわかっていた。

ばあちゃんが亡くなったのは今年の三月だ。

くも膜下出血で倒れて意識を失ったまま帰らなかった。俺に長期間の看病をさせるでもなくぽくりと逝くあたりが、寡黙で慈悲深いばあちゃんらしくて、こんな孫孝行しなくていいのにっ、ってささやかな密葬が終わるまで、嘆きどおしで泣いた。

フリーになろうと決めたのも、ばあちゃんがいなくなったのがきっかけだ。ふたりで暮らしていた一軒家も手放して、心機一転ひとり暮らしを始めた。変わりたいと思った。すこしでもはやく、ひとりきりの生活に慣れないといけないと思った。とにかく辛かった。

密葬とはいえ、ばあちゃんが俺と同等にかわいがっていた飛馬を呼ばないのは、双方に対して酷い不義理だとわかっていて、春に飛馬に会いに行ってよっぽど言おうとした。でも言えないまま辞去して、数日後電話ぐちで告げた。

「……ごめん。辛くて、言えなかった」

奥歯を噛んで呻く。当然飛馬は怒った。

「辛いのはこっちだ！　最期に見送れないってどういうことだよ、あんな短い電話だけよこしてっ」

「本当に……ごめん」

詰問されるのも苦しくて、飛馬の肩に俯せた。

ばあちゃんが当たり前のように家にいた頃は、疲れてただいまと帰ったきり会話をせずに朝を迎える日もあって、〝家族〟という信頼が許すそんな素っ気ない暮らしがどんなに温かいものだったか、最近毎日のように痛感している。

日を追うごとにくっきり輪郭を持つ喪失感を、飛馬に攻撃されるのだけは痛かった。

「ごめんね、本当に……でも俺、あの時飛馬に会ってたら、必ずだめになってて、」

「俺のせいじゃないだろ」

「うん、全部俺が悪いんだけど、会えば絶対飛馬を傷つけるってわかってたから、会いたくなかった」

「もう傷ついてんだよっ」

ばん、と背中を叩かれた。飛馬のくちから溜息が洩れて、本当にごめん、ともう一度小声で謝る。

「なんだよ、傷つけるって。会ってたら俺になにしてたんだよ」

「……。それは、」

「わかるように説明しろよ」

「……察してくれませんか」

「は？　ふざけんな言えっ」

目を伏せたまま瞼を擦った。沈みそうになった心を浮上させて、深呼吸を繰り返す。

……さすがに哀しみに乗じて襲ったりしないよ。ばあちゃんが亡くなって快楽を満たすって、抱く理由としてなにひとつ成り立ってないし、ばあちゃんにも申し訳が立たない。

ただもし飛馬が〝元気だせ〟〝ひとりじゃない〟と、俺の焦がれた気丈さで励ましてくれたりしていたら……いや、横にいてくれただけでもきっと、

「たぶん……俺、飛馬に、」

「なに」

その、うまく言えないんだけど、つまり。

「ひ……ひどいキスとか、して、がむしゃらに縋っちゃったと思うから」

擦り切れた声で吐露したら、飛馬はぽかんとした。

「……？　ひどいキスってなに」

「さ、察してください……」

「わからないよ。今までのとどう違うんだよ」

本気で不思議そうな顔をしないでほしい……。

飛馬の真剣な瞳のなかに自分がうつっている。見つめていると徐々に落ち着いてきて、自分にとって飛馬の存在がどんなに絶大か実感して、愛《いと》しくて自然と笑みがこぼれた。

呆れた飛馬に拗ねたような声音で「……笑ってんなよ」と左頬をつねられる。

近すぎる距離は、俺をすこし我が儘にさせた。

「今日手伝ったお礼に、四ヶ月ぶりのキス、ほしいな」

すると思いがけず、飛馬がすぅと目を閉じてくれた。

え、と息を呑む。待たせてはいけない、と焦って唇を寄せてくちづけたら、小さくて柔らかい、飛馬のくちの懐かしい感触に震えた。

離れて目を開けても飛馬はまだ目を閉じていて、辛抱できずに今一度唇を重ねて、今度は思うまま愛しさを訴えた。抱き竦めて背中を撫でて、下唇の表面を舌でなぞる。細い背も、腕も、肩も、唇の味も変わらない。俺が知っている飛馬のままだ。

よかった。飛馬はまだここにいる。

「……飛馬」

何度も角度を変えて優しくくちづけた。そのうち頭の反対側が〝疲れてる飛馬に無理させちゃいけないな〟と冷静になってきた頃、ゆっくり唇を離した。

また見つめ合うと、飛馬はにんまりと微笑み……、

「安いな」

「え？」

「本当はもっと違うお礼を考えてたんだよ。明日買いものも付き合ってもらうなら、金を包むべきかなとも思ってたのに、おまえはこんなんで満足してくれるんだな」

「……そうきましたか」

俺の胸に突っ伏して、おかしそうに笑う。

「いいですよ。飛馬には〝こんなん〟でも、俺には金より価値があるからね」

「ありがたいよ」

「そもそもお金なんて渡されたくないよ。そんな関係だと思われてたらやりきれない」

「へえ。キスで礼をする関係ならいいのか？」

小悪魔……っ。

「そ、う、で、す、よ。だからこれからもなにかあったら遠慮なく頼ってくださいねっ。満足するまでキスさせてもらいますから！」

抱き竦めて飛馬の頭に音つきキスを何回もしてやったら、飛馬は肩を竦めて楽しそうに

笑った。

「海東は本当、役に立つよ」

「えーえー」

「電化製品の安い店も、家具店も詳しいし。道のことも知ってるし」

「はいはい」

「本当に助かる。――……ありがとう。おまえがいなかったら、柊さんと喧嘩してめちゃくちゃになってた」

心臓が縮んで胸が痛む。ほんとに小悪魔だね……。

「……海東、もう満足したのか？　今日だけはいくらでもおまえに唇くれてやるよ」

「満足なんて、絶対しないよ」

ぱく、と一瞬のキスで反撃した。

飛馬が頼ってくれるなら、それが俺の生きる理由だと確信できるほどに、俺は一生飛馬に恋して負け続ける。それでいい。そうさせてください。これからもずっと。

「……なあ、海東」

「ん？」

今度ばあちゃんの墓参りに連れていけ――飛馬はそう続けて「疲れた」と俺の肩に寄りかかり、言葉を閉じた。

三人で弁当を食べたあとレンタカーを返しに行くことになり、俺たちは再びでかけた。

飛馬は食事中からすでに眠気が限界らしく、目もほとんど閉じた状態で無言だ。

エレベーターで駐車場までおりる間、横でぼうっと立っている飛馬を気にしながら、柊さんに話しかけた。

「このまま柊さんの家まで行っちゃいましょう。お送りしたら、俺と飛馬でレンタカー返して帰りますから」

「本当に？　悪いなあ」

「いいえ。一日迷惑かけたのはこちらですから。今夜はゆっくり休んでください」

「こちら、か……」

うふふ、と柊さんが笑う。……飛馬に〝腹黒い奴だ〟と教わったせいか、変な警戒心が芽生えてしまった。飛馬への気持ちがバレてたらどうしようかな、と後頭部を搔いて車の横までくると、柊さんは真っ直ぐ運転席の方へまわって、

「海東君、玲二とふたりでうしろに乗りなよ」

とドアを開ける。

「えっ、悪いですよ、俺が運転します」

「平気平気。海東君には力仕事頑張らせちゃったからね」

「俺は疲れてませんから」

「ううん。僕はとっくに眠気が飛んでるし、海東君、僕の家知らないでしょ。ナビるより運転した方がはやいもん」

「いや、でも……、」

「玲二の面倒見てやって。玲二も、僕より海東君が横にいた方が安心するみたいだし？」

楽しげな口調で語尾をあげるのをやめてください……。

ともかく断り続けるのも失礼かと判断して、飛馬の手を引いて車に乗り込んだ。

「もし無理そうだったら遠慮なく言ってくださいね。事故とか起きてもよくないですし」

「大丈夫、玲二に怪我させるような運転はしないよ」

……だめだ。完全にからかわれてるな、これ。

柊さんが車のエンジンをかけて車をだすと、飛馬はすぐにかくんかくん揺れ始めて俺の肩に寄りかかり、すぅと寝てしまった。

「飛馬」

肩を叩いても反応がない。熟睡してるみたいだ。疲労が限界にきてたんだろうな。

柊さんも「寝ちゃった？」とミラー越しに俺たちを見る。

「はい。……すみません、運転していただいてるのに」

「いいんだよ、わかっててうしろに座ってもらったんだから。すこし寝かせてあげよう。

本当ここのところずっと忙しくしてたんだ。会社に泊まるのも昨夜が初めてってわけじゃないし」

「大変な時期に、引っ越しが重なっちゃったんですね……」

「ン〜……どうだろう。それはちょっと違うと思うけど」

「はい？」

柊さんは喉の奥で意味深に含み笑いした。

「しっかし改めてふたりの仲のよさを実感する。玲二は会社じゃどんなに疲れてても〝辛い〟って言わないし、眠くて弱った姿なんか見せないよ。『仮眠室行ってきます』っていきなり叫んで寝に行くんだから。……海東君には疲れた姿も眠い姿も、無防備に晒けだすんだね」

「仕事をしている時は誰でもシャンとなりますよ。俺も友だちに会えば気が抜けます」

「そうかなあ……」

そんな感じでもないんだけど、と柊さんが独り言のように続けて赤信号で車をとめる。

俺はますます警戒して緊張した。

なんだろう。柊さんは俺と飛馬をどうしたいのかな。所詮俺の一方的な片想いだ。俺のことをばかにしてくれるならいいんだけど、飛馬まで巻き込まれたら困る。

それともまさか、柊さんも飛馬を好きだから、俺たちの関係を探ってる……とか？

「ねえ、海東君って、玲二とどれぐらい会ってなかったの？」

「あ、えっと……四ヶ月ぐらいです」

「前はわりと頻繁に会ってた？」

「そう、ですね。頻繁ってこともないですけど……四ヶ月も会わなかったのは、初めてです。俺がフリーになって忙しくしていたもので」

「なるほどなあ」

しみじみ相槌を打って、柊さんは車を発進させた。

「玲二がやたら仕事をくれってせがんできて、会社に寝泊まりするようになったのも、ちょうど三、四ヶ月前からだよ。食事もせずパソコンに張りついてぼうっとしていたから、みんな心配してたんだ。帰れって言っても言うこと聞いてくれなくてねえ……」

「え」

「玲二はきっと海東君に会いたかったんだね。素直にそう思うよ」

友だちとして、って意味だよな。たぶん。

「飛馬は誰かに会いたくて調子を狂わせるような人間じゃないですよ。俺以外にも友だちはいるだろうし」

「そうなの？　僕は玲二の友だちって海東君しか知らないけどな。今回の引っ越しの手伝いも、真っ先にキミだけ呼んで、ほかは声をかけなかったようだし」

「専門学校の友だちと俺を、いきなり会わせるのは悪いと思ったんじゃ、」

「僕もキミと初対面だけど?」

「そ、うです、ね……」

「期待したくないの?」

どき、とした。期待という言葉は友人間につかわない。

恐る恐る柊さんの顔をミラー越しに盗み見ると、涼しげな笑顔で運転している。

戸惑って沈黙しているうちに、それが返答になってしまった。

「ふふ。ふたりで会う時は、いつも海東君が会いに行くの?」

「……はあ。たまに飛馬もきてくれますけど、だいたいなにか理由がある時だけです」

「やっぱりね。フリーになって忙しい海東君とは、なかなか会う口実もつくれなくて、仕事に専念しようとしたってところか」

「考えすぎですよ」

「本人も自覚してないんだろうね。でも引っ越しをすれば海東君を呼べるって無意識に気づいて、クソ忙しい時期に引っ越しすすめてさ……かわいいね?」

……前の車の、赤いテールランプが眩しい。俺は飛馬の手の上に自分の手をのせて、こっそり握り締めた。こういうこと、高校卒業の頃にもあったな。俺たちの関係を肯定するのはいつも他人だ。憶測が全部事実なら嬉しいよ。でも違う。

都合いい想像のなかにあるのは願望だけで、こたえはない。

「柊さん」

「ん？」

俺はひとつ息をついてから、微苦笑をこぼした。

「……俺は飛馬が好きです。けど俺たちは単なる友だちで、それ以上でも以下でもありません。飛馬がこうして俺の肩で眠ったりするのも昔からで、この信頼だけで俺は十分なんです。だから、その……飛馬は、関係ありませんから。俺のことはいくらでも笑ってくれてかまわないので、飛馬だけは今までどおり接してやってください。お願いします」

車内がしんと静まり返った。

視線をあげてミラーを覗くと、柊さんは緩やかな微笑を浮かべて運転を続けている。

「海東君。僕からお願いがあるんだけど、聞いてくれないかな」

「お願い……ですか」

「玲二と組んで、仕事をしてほしいんだよ」

「えっ。仕事？」

「玲二があんなふざけた状態だと、上司として困るからね。ちょうど知り合いがライターを探してる仕事があったから、キミと玲二に頼むよ。連載じゃないけど、二ヶ月に一度は会うことになると思う。キミにとっても悪い話じゃないでしょう」

「はい、まあ、ありがたいですが……」

　この人の頭のなかは未知だ。なにを考えてなにを求められているのかわからないから、怯えて笑って見せればいいのか、真っ直ぐ反発すればいいのか判然としない。

　警戒して探りを入れるつもりで、

「仕事内容をあとできちんと書面で届けてください。あまり専門的なことだと、勉強しておく必要がありますから」

　と頼んだけど、あっさり笑顔で「いいよ。名刺もらっておかなきゃね」と言われた。

「安心してよ。キミの玲二に対する想いは秘密にするし、上司として玲二を大事に思ってるから、傷つける気もない。僕は玲二の仕事に対する姿勢を正したいんです。キミの助けを借りることで叶うなら、そうしたいだけなの」

「本当、ですか」

「本当ですよ」

「絶対、約束してください。なにがあっても利用するのは俺だけにして、飛馬は傷つけないでください。それが仕事を受ける条件です」

「おお、そうきたか」

　自分から弱味を晒しておいて情けないけど、ばかだからこそ真っ向からしか挑めない。

　柊さんは苦笑を漏らしたものの「もちろん、約束します」と頷いてくれた。右折しながら「海東君」と明るく俺を呼ぶ。

「せっかくだから、僕の弱味も握ってみない？」

「え……どういうことですか」

「フェアでいこうって言ってるんだよ。僕がキミとの約束を破れなくなるように、キミにも脅迫材料をあげようってこと。キミの気持ちひとつで左右できる、キミにしか叶えることのできない僕のお願い」

また不可思議な流れになってきたぞ……。

「俺が左右できることなんて……全然思いつきませんよ？」

「あるじゃない。さっき話してた声優さんだよ。また取材の仕事が入ったら、一緒に連れて行ってほしいなーなんて」

なっ。

「そ、それが、弱味ですか!?」

「うん。約束してくれたら、僕は大人しくしてる」

ミラー越しの表情が満面の笑みだ。なにそれっ。

「べつに、かまいませんけど……ちゃんと脅迫材料になってますか？」

「なってるよ。僕、すごく会いたいもの。あともうひとつ教えてあげるとね、」

「はあ……」

「僕、ロリコンだから玲二にはまったく興味ないよ。十五歳下のかわいい彼女がいるし、そっちも心配しないでね」

うっ。

言葉を詰まらせたら、柊さんは心底おかしそうに爆笑して、左手で額をおさえた。

その瞬間、もしや柊さんの狡賢さとはこういうことなんじゃないか、と気がついた。人を裏から操作して巧みに陥れるというよりは、優しくからかいながらも自分のほしいものを確実に手に入れていくような……。

飛馬が柊さんを嫌い切れない理由も、このせいか。害っていうほどの害がないんだよな……俺も仕事がもらえたうえに飛馬と組めるなんて、願ったり叶ったりだし。

まんまとやられた、と右手で唇を撫でて唸っていたら、笑い続ける柊さんの声に半分目を覚ました飛馬が「うるさい」と呟いて、俺の頬をパシンとぶった。

「いたっ」

俺じゃないのにっ。そのままくちをもぐもぐ動かして、俺の肩に目を擦りつけて繋いでいた手を握り締め、再びすぅと寝てしまう。……もう。かわいいな。

その後は柊さんに、

「ロリコンって自分のセックスに自信がないから無知な子を求めてる部分があると思うんだよねえ。経験豊富なお姉さまに笑われるのが怖いっていうか。僕もそうだもんなあ」

などと妙な語りを聞かされつつ、彼の家まで車で走り続けた。

柊さんの彼女は現在十六歳だそうだ。

「付き合って二年だけど、僕はまだ手だししてないよ」

「二年!?　出会った時は中学生だったんですか！」

「仕事が終わったあと、付き合いで名ばかりの家庭教師してたんだよ。知り合いの妹の友だちなんだけど。かわいいよ～……初めての彼氏だからか、我が儘だしすぐ泣くし」

「でも柊さんは年齢的に、そろそろ結婚とか考えます、よね」

「そうだねえ……でも彼女相手には具体的に考えてないかなあ。若い女の子の人生、僕だけが独占しちゃ悪いじゃない？」

柊さんも恋の前では臆病な部分があるのかな。

「未来の約束はせず、風まかせ……ですか」

「どんな約束を交わしても、結局最後に決断するのはその時持っている心でしょ？　僕だって心変わりするかもしれないしね」

「……確かに、先のことはわかりませんね」

「せめてあと五年。彼女が二十歳過ぎても一緒にいられたら考え始めてみようかなあ」

……謎は多いものの、柊さんなら信じても平気かもしれない、と漠然と思う。

「五年後、結婚決まったら、是非連絡ください」

笑いかけたら、柊さんもふっと小さく吹きだして、

「不確かな約束は苦手って言ってるのに」

と曖昧にこたえて幸福そうに笑った。

そして柊さんのマンションにつくと名刺交換したのち、飛馬を起こしてふたりで礼を言って別れた。

帰りは今度こそ俺が運転席に座って、ハンドルを握る。

「飛馬、寝てもいいから先にレンタカー屋の場所だけ教えて」

「ごめん……でも、もう寝ない」

助手席の飛馬はすっかり寝ぼけたようすで、目を擦りながら場所の説明をする。なんとなく把握したあと車をだした。

外の景色をふたりで黙って眺めて走り続ける。聞こえてくるのは車のエンジン音と、外の風音。もう夜が更けて、空も群青色に覆われていた。

「海東」

「ん？」

「今夜、泊まって行くだろ」

「え」

「……帰るのか」

飛馬の声が沈んで聞こえて、柊さんの〝玲二は海東君に会いたかったんだね〟という言葉が脳裏を過ぎった。〝期待したくないの〟と訊かれて息を呑んだ、一瞬の動揺も。

「海東?」

「ン……明日も一日買いものだし、じゃあ泊まって行こうかな」

「うん、いいよ」

疲れた顔で、無邪気に笑う飛馬が続ける。

「帰られたら困る。荷物とくのも手伝ってほしいからな」

「へっ」

「段ボール適当に置いたから、洋服とかどこに入ってるかわからなくなった」

「力仕事に利用されるわけですか……」

だよね。溜息まじりに苦笑して肩を竦めると、飛馬は窓の外に視線を向けて、

「……こんなこと、おまえにしか頼めない」

と、物憂げに呟いた。……俺にしか、か。

「もっと力持ちな友だちはいないんですか?」

「友だちなんていないよ」

「大澤と一之宮は?　専門学校でも、仲よかった人はいたんでしょう?」

「仲ね……会話する程度の奴はいたけど、連絡先なんて知らないな」

「携帯番号を交換しなかったの？」

「就職するまで、俺の携帯電話に登録されてたのはおまえの番号だけだよ」

「あ、すま……」

窓を開けて外の風を入れる飛馬が「気持ちいい。目が覚める」と言う。

その横顔と、さらさら流れる髪を眺めつつ、俺は呼吸を忘れた。

……〝どんな約束を交わしても、結局最後に決断するのはその時持っている心〟か。

飛馬は今後、どう変化していくのかな。数年後も今と変わらず、飛馬の心のなかに俺の居場所をつくっておいてくれたなら、すごく嬉しいんだけれど。

ばあちゃんが亡くなってから、俺の人生の支えになっているのは飛馬だけだ。

友だちも職場の人たちも温かく接してくれる。でも俺が毀《こわ》れずに笑っていられるのは、飛馬を想う気持ちが胸の奥に息づいているからにほかならない。

これはもう恋なんて小さな次元の感情じゃない。

心変わりを想像して不安に揺れるような、容易い想いでもない。

「俺、ずっと飛馬の傍にいるよ。いつか飛馬に嫌われて離れ離れになっても、心のなかで想ってるよ」

「どした、急に」

飛馬は左腕で頬杖をついた。

しばらくして周囲の騒音がふと途切れた頃、

「……そうだな。そういえば俺も、おまえとの別れって想像したことがないな。このままずっと、ゆるゆる付き合い続けていくのかもしれないな」

飛馬の髪がふわりと浮かぶ。手を握らなくとも、抱き締め合わなくとも、心で繋がっている気がして、俺は至福感を抱いた。

それから家へつくまで、俺たちはくちを閉じて夏の夜の柔らかな静寂をわけ合った。

ふたたび、いまのはなし

……暗闇のなかで、意識が徐々に現実世界へ戻ってくる。

カサ、と布が擦れ合う微かな音とともに、目の前で人が動いた気配がして目を開くと、

「飛馬《あすま》」

ぼんやりとした視界の隅に、海東《かいとう》の顔が見えた。瞬きして、寝ぼけたまま状況を探る。

俺はベッドに寝てる。海東は正面にしゃがんで俺を見てる。……なんで海東がいるんだ。

あ。

「そうか。……でかける」

「飛馬？　起きたかな」

身体を起こして、ベッドの上に座った。すぐに頭痛がガンッと落ちてきてきちんと座っていられなくなり、左側の壁に寄りかかる。

目を閉じて、うぅと唸っていたら、ベッドが軽く揺れて海東が右横に座り、

「大丈夫？」

と、心配そうに声をかけてきた。

「まだ眠りたい？」

「……今何時だ」

「朝の四時だよ」

「そうか……」

「出発時間、すこし遅らせようか？」

「……そうしたら道が混むって、おまえが言った」

「言ったけど」

くちを結んで頭痛がひくのを待った。

今日は火曜日。海東と千葉《ちば》へ行く約束をした日だ。あまり遅く行くと道が混むから早朝にでようと海東が提案して相談した結果、海東は出発前日俺の家へ泊まることになった。ところが仕事が立て込んで、帰ってきたのは夜中の二時。携帯メールで『先に寝てていいよ』とも言われたが、俺はフィギュアをつくって海東の帰りを待ち、結局ベッドに入ったのは三時だった。

出発は五時。支度をするために一時間はやい四時に起きる。……というわけで、睡眠時間は三時から四時までのたったの一時間だ。

「昼間、寝ておけばよかった……」

「うん、ごめんね。千葉はまた今度行くことにして、場所変えようか」

「……いやだ」

「無理しなくてもいいんだよ」

「楽しみにしてた」

「飛馬……」

実は約束は四度目だった。三回行ったわけじゃない。三回とも海東の仕事の関係でポシャって、最初の約束から二ヶ月経っていたのだ。

責める気は毛頭ないが、期待は膨らんでいたので今日は意地でも行く気でいた。

寝るもんか、と唇を突きだして眠気が飛ぶのを待っていると、ふいに海東の腕に引き寄せられる。

「肩かすよ。起きるのはもうすこしらくになってからでいいよ」

「……くっつきたいだけのくせに」

「うっ」

「おまえは寝なくて平気なの。運転するのに寝不足じゃ辛いだろ」

「俺は慣れてるから平気だよ」

「慣れてるのか」

「うん。それに、横になっても浮かれちゃって、あまり眠れなかったし」

おどけた声で言われて、吹きだしてしまった。

「小学生か」

「おかしいよね。大の大人がふたりして、遊びに行くのが楽しみとか言ってさ」

「まったくだよ」

「でも本心だから、しかたない」

海東がふわふわ笑っている。呆れたけど別段いやな気分じゃなかった。

海東の鎖骨に頭を寄せて息をつく。自分より体温の高い海東の身体は心地よくて、瞬く間に眠気が押し寄せてきた。

「……十分後に起こして」

肩にあった手が俺の腕を撫でる。

「……いいよ」

幸せそうな返答を聞いたあと、俺はもう一度眠りに落ちた。


五時十分になる頃、家をでて千葉へ向かった。ところがやっぱり寝不足なので、高速に乗って一定速度で気持ちよく揺られているうちに眠たくなってきた。

ここで寝たら、さして睡眠もとらずに運転してくれている海東に対して申し訳ない。懸命に目をこじ開けて景色を眺めるけど、ラジオから流れてくる道路情報の男の声も抑揚のない低声で耳に心地よく、眠気を誘う。とうとう頭ががくんがくん揺れて困り果て、俺は右手をのばして海東の頰をつねった。

「いたたっ。いきなりどうしたのっ？」

「……なにかしゃべろう。あと、ラジオべつのに変えて」

「飛馬が眠そうだったから黙ってたんだけど……」

「寝たくない」

「寝ていいよ？　もうすこししたらアクアトンネルに入るから、途中で海ほたるに寄るつもりだし。着いたら起こすよ」

海東は運転しながら爽やかに、にっこり笑う。前を向いたまま左手でラジオを止めて音楽プレイヤーを再生した。その指をじっと見て問う。

「海ほたるってなに。食べもの？」

「漫画みたいなセリフ言わないでよ……パーキングエリアだよ。立派な施設だから、楽しめると思うよ」

「そうなの。腹減ったよ。喉も渇いた」

「うん、ごめんね。コンビニ寄らずに、海ほたるまで行っちゃおうと思ったからさ」

海ほたる。立派な施設のパーキングエリア。楽しめる。……情報を頭のなかで復唱しても、上手く想像できない。

ぼうっと考えていたら、海東が「ほら、海底トンネルに入るよ」と言った。

顔をあげると車がトンネルのなかへ入り、外の色が太陽の白い光からトンネルの照明灯のオレンジの光へふわりと切りかわった。

海東の楽しげな笑顔もオレンジに染まる。

「……おまえ、眠くないの」

「眠くないよ。飛馬のうとうとした顔見てるだけで、どきどきして目が冴《さ》えます」

「ばか」

「あはは。普段仕事で車運転してる時は、だいたいひとりだから。横に人がいるうえにそれが飛馬だと思うと、不思議な気分なんだよ」

「ンー……まあそうだな。おまえが運転する車に乗るのなんて、いつぶりだろう」

「飛馬が引っ越した日をノーカウントで考えると、免許とってすぐの頃以来かな。よく遊んだよね。あれは高校卒業したあと二、三年だから五年以上前か」

「おまえ、夏休みに足骨折したから免許とるの遅かったんだよな」

「そうそう。交通事故して」

「集中治療室入ってな」

「生死をさまよったんです」

「……ばか」

横目で睨むと、海東は吹きだした。

さらりと冗談にのってくる海東の会話のリズムと感覚が、とても好きだなと感じ入る。

俺もつられて笑っていたら、しばらく沈黙したあと海東は真面目な声で呟いた。

「もうあんなばかな嘘つかないよ。飛馬と一緒にいろんなところに行きたい。行こうね」

その穏やかな瞳が、オレンジ色の光に柔らかく揺れた。

俺も微笑んで、頷いた。

「いいよ。どこでもついて行ってやる」

「……ン」

すると突然音楽プレイヤーから八代亜紀《やしろあき》の『舟歌』が流れだした。一瞬で狭い車内が雪の舞う夜の酒場みたいな雰囲気に覆われる。

俺は面食らって吹きだして、大笑いしてしまった。

「おまえ渋すぎるよ！」

「え、いいでしょ八代亜紀～」

「いい曲だけど、早朝の高速道路で聴く曲じゃないっ」

「シャッフル設定にしてるからしかたないの。いい曲は、いつどんな状況で聴いても素晴らしいんだよ」

「変な奴！」

海東はリズムにのってわざとらしく八代亜紀と歌い始める。俺が笑っていると、耐えきれなくなったようすで一緒に吹きだした。

笑いながら、毎日仕事へでかける途中、ひとりで演歌を聴いている海東を想像した。

「かわいいよ、海東」

「え？　それ、飛馬に言われる言葉として正しくないなあ」

「今度、俺もプレイヤーに入れる」

「ばかにしたくせに」

「仕事中に聴くよ。この曲聴いて海東のこと思い出したら、眠気も忘れられそうだ」

「演歌は涙しながらしんみり聴くものなんだよ?」

「涙でるよ、笑い涙」

　冗談を言い合ってまた笑う。

　曲が終わる頃、車はトンネルをでて海ほたるへ入っていった。


　広い駐車場に車をとめて、エスカレーターへ向かった。途中、ツアーバスからでてきたお年寄りと一緒になって譲り合いながら乗る。

　エスカレーターは空が見える構造になっていて、太陽の光が入り込んでとても明るい。背後ではお年寄りが「きれいね」と喜んでいて、右横にいる海東も幸せそうな顔だ。

「海東。ここ、ツアーでくる人たちもいるのか?」

「そうだよ。日帰りできる距離だし、お年寄りもバスに乗って旅気分で楽しめるよね」

「ふうん……聞いたとおり、単なるパーキングエリアじゃなさそうだ」

「五階まであるんだよ。二階と三階は駐車場だけど、ほかはおみやげ屋とかあるから見て行こう。飛馬は塩辛に喜ぶんじゃないかな。全国から集めた塩辛がたくさんあるから」

「全国？　塩辛？　……食べたい」

興味津々で詰め寄ったら、海東はくち元で小さく笑ってしみじみ続けた。

「やっぱりなあ……ここへくるたびに飛馬のこと考えてて、連れてきてあげたかったんだよ。夢が叶った気分だ」

「夢は言い過ぎだよ」

「そう？　お互い忙しくてなかなかでかけられないじゃない。ズラッと並んだ塩辛を見せてあげたかったし、塩辛なんて生物だからおみやげで買っても渡せないよなあとか、いつも悔やんでたよ」

「手羽先はいきなり持ってきてくれたじゃないか」

「いや……あれは、ちょっと……」

「ん？」

海東が右手で後頭部を掻いて目をそらした。

首を傾げて「なに」と服の袖を引っ張ると、ばつが悪そうにこうこたえる。

「……あの時は、飛馬に恋人がいるんだって勘違いしてたから、寂しくなったっていうか……口実つくって、会いに行っただけなんだよ」

寂しくて口実？

「手羽先は餌《えさ》だったの」

「餌って。食べさせてあげたかったのは事実だけど」

「寂しかったってなんだよ」

「恋人ができても飛馬は俺を忘れないでくれるかなって、不安になったんだよ。飛馬が恋愛でどう変わるか知らないけど、友だちよりは恋人との時間を優先するだろうし……」

「……へえ」

「だから会いたかったんです。いつもみたいに他愛ない話をして、笑ってもらいたくて」

〝恋人がいても会いたい〟って言葉にちょっと面食らった。弱いから強いっていうか。相変わらず一途な奴だなあと感心するが、こっちはさすがにげんなりくる。

「おまえは放っておくと、ほんっとくだらないことばかり考えるな」

「ンー、まあだからあの日は行ってよかったよ。疑いが晴れたし」

「俺の方が迷惑かけたわけか。二丁目で楽しいデートの邪魔しちゃいましたし？」

「あれは、デートじゃないって、説明したじゃない……」

「でもキスする仲だったんだろ」

　エスカレーターの手すりに左肘をかけて、右横の海東を睨み据える。

　その時うしろから人が早足でのぼってきて、道を譲った海東が俺を抱き締めるように寄り添ったから、ここぞとばかりに胸元のシャツを摑みあげて無言で問い詰めてやった。う、と息を止めて意識した海東に内心にんまりしたけど、彼の返答にまた驚かされた。

「あの人は、今飛馬と組んで仕事してる旅行雑誌の編集長なんだよ……。若いけどやり手で、連載やらせてほしいって頼んだら、まあその、呑みに付き合うはめになって」

「は？　連載のために接待してたのか。でもだからって、なんで二丁目に？」

海東が唇を引き結んでエスカレーターの先を睨んだあと、もう一度俺を見つめる。

言うか言うまいか逡巡《しゅんじゅん》しているようすで瞳を揺らし、声をひそめた。

「……飛馬に毎月会いたかったんだよ。仕事が一本飛んだって聞いたから、今なら連載の仕事を引き受けてくれるかと思って、編集長に〝手のあいてるデザイナーもいるんで連載ください〟って企画を持ち込んだら〝そのデザイナーのために連載がほしいんだな〟って突っ込まれて、バレちゃって」

「え」

「編集長は昔から二丁目にかよってる人だったたし、キスも断り切れなくて……そうしたら真うしろに飛馬が、こう、ね。——……もう最悪だったよ」

海東の溜息と同時に四階について「飛馬、危ないよ」と腰を引き寄せられるまま、エスカレーターからおりた。

建物は縦長で、中央のエスカレーターを囲うように店が並んでいる。

俺から手を離した海東はとぼとぼ歩いて行き、俺も呆然としてついて行った。

「なあ、海東」

「なに」

「おまえ、仕事が飛んだ俺のために犠牲になったんだな」

「飛馬に会いたかっただけだよ。好きでもない人とキスしてもいいぐらい」

……なにしてるんだ、俺も海東も。蓋を開けてみたらこんなばかげた話だったのか。

俺は永峰《ながみね》先輩に海東のことを正直に話したせいで、二丁目へ拉致られた。

海東は俺のことを編集長に話したせいで、連行された。

そして俺は先輩を捨てて行きたいがために店員とキスして、海東は俺と会い続けたいがために編集長とキスした。

「ばかばかしくて、笑えもしない」

吐き捨てたら、前方で足を止めた海東は俺を振り向いて横に並び、歩きながら続けた。

「……ばかついでに打ち明けると、俺はまだ嫉妬してるよ。……あの店員の濃厚なキス、まいった」

痛々しく苦笑いする海東が腹立たしい。そんな顔すんな。

「さっさと忘れろよ」

「忘れられないよ……舌入ってたもの、あれ」

「不愉快な奴だなっ。あの店員と永峰先輩の二度の間違いを抜かせば、俺は生まれてきてからずっとおまえとしかキスしてないんだぞ。ほかにどんな文句があるんだよ」

「う……うん、ごめん。俺は飛馬とあんなキスしたことがなかったから」

「しないのはおまえの勝手じゃないか」

「……して、いいんですか」

「おまえのキスを拒絶したことはないよ」

「ぐっ……だめ、ちょっと待ったっ」

「は？」

がっくり項垂れて立ち止まった海東が、柱に右手をかけて停止した。

「なにしてるんだよ」

「……嬉しすぎて、足が震えて歩けない」

「ばかだ。ばかがいる」

「だって飛馬〝二度のキスは間違い〟って言ったんだよ？　俺とのキスは間違ってなかったって意味でしょう。しかも舌もいいって、どんな殺し文句……」

俺は海東の頭をぴしっと叩いて目の前の店へ入った。

「はやく塩辛が食べたい」

背後で「いた」とこぼした海東ものろのろついてくる。足もつれて転ぶなよな、ったく。

四階のおみやげ売り場にはたくさんの海産物があった。落花生なんかもあって、千葉だなあと感嘆する。

塩辛は海東に聞いたとおり本当にずらっと並んでいて、「うわあ」と感激した俺は片っ端から試食した。横で海東が「本当に全部食べるの？」なんて苦笑いしていたけど、表情に嬉しさが溢れてる。〝夢〟が叶ったからか。

「これもおいしい。海東も食べてみ」

「うん。――あ、これはちょっとからいね。でもおいしい」

「な？　あー……ほかほかの炊きたてご飯がほしいっ」

「ほしいねー……黒造りっていうのもあるよ。これ、イカ墨の塩辛」

「イカ墨？　どんな味だろ」

恐る恐る食べた黒い塩辛。これが案外さっぱりした味で食べやすく一番おいしかった。

「おいしい。グッときた。俺、これに決めた」

手に取ると、海東に「ああ、飛馬」と止められる。

「これから一日ドライブするんだから、また帰りに寄って買えばいいよ」

「そうか。それもそうだ。……売り切れないよな？」

「はは。平気だよ。もし売り切れてても、俺がまた買いにきてあげるから」

「ンン……」

渋々諦めて、他の店に移動する。

朝食になるようなものを軽く買おう、と探して、限定ものの海鮮たこ焼きや焼きそばと迷ったけど、結局朝食らしくパンにした。飲みものも買って落ち着くと、海東に「外の景色を見よう」と誘われてデッキへでた。

早朝なのに、人がたくさんいる。カップルが幸せそうに手を繋いで歩き、お年寄りは椅子に腰掛けてのんびり空を眺め、子どもたちははしゃいで駆けまわって賑《にぎ》やかだ。デッキの先端の柵まで行ったら、真っ青な空と海が視界いっぱいに広がった。

前方にはたった一本の道しかない。

「海の真ん中に道路か、すごいな……。景色もすごくきれいだ。風も気持ちいい」

「この道路がアクアラインだよ。ほんといい天気になってよかったなあ……」

抜けるほど青い空に、線を描く白い雲。潮の濃い香りを運んでくる海風と、太陽の銀色の光に瞬く水面。世界が青に支配される。俺にとって自然の青は、パソコン画面上の青に敵わない絶対だ。……きれい。

横にいる海東を見あげたら、唇に笑みを浮かべてデジカメで写真を撮っていた。

「写真好きだね、海東」

「せっかく飛馬ときたんだから、いつも以上に大事に撮るよ」

「なんだそれ」

「想い出。今日の景色は、今日だけのものだからね」

　その時、リンゴーンと音が聞こえてきた。「なんだ？」と周囲を見まわすと、傍に大きな鐘がある。高さ二メートル半ぐらいの二本の柱の間に、大中小みっつの鐘が縦に並んだ巨大なもので、群がる子ども達がひもを引っ張ってガンガン鳴らしていた。

「あれ『幸せの鐘』っていうんだよ」と海東が。

「幸せの鐘？」

「大切な人を想って鳴らすと、その人に想いが届いて幸せになれるんだって」

「へえ……あんなにガチャガチャされたら、そんなロマンチックな気分も失せるけどね」

「ははは。日中は子どもの遊び場になっちゃってるよね」

　カップルがうしろに並んでるのに、子どもたちは気づかずにひもを振りまわして遊び続けている。かなり気の毒だ。

　最近の親は子どもを怒らないなあ、といささか不愉快な気持ちになったが、海東はにこにこ微笑ましく眺めている。

「俺も鳴らしてこよっかな。飛馬とふたりでこられる機会なんて滅多にないし」

「は？　いつでも付き合うよ。俺だってきたくないわけじゃないんだから」

「そ、そっか……――じゃあ、やっぱり鐘はいいや。鳴らさなくても、幸せになれた」

「おまえの幸せはいつだって安すぎるよ」

　しばらく景色を眺めて、乱暴に鳴り響く鐘の音を聞きながら、海東がカメラを構える姿を見守った。海東は小さなデジカメと一眼レフを持っている。

「重装備だね」

「いつもふたつ持ち歩くよ。デジカメとフィルムは違うもの」

ファインダーを覗く真剣な目。シャッターの音は小気味よくて心地いい。カメラを構えてる時の海東は、生き生きしたいい顔だ。

再び建物内へ入ると、他愛ない話を続けて駐車場へ戻った。

エスカレーターに乗って、並んでおりる。

「五階はレストランなんだよ。朝からがっつり食べるとお腹苦しいだろうと思って寄らなかったけど」

「うん。たくさん食べたら気持ち悪くなる」

「だよね。帰りは寄ってみよっか。限定のオリジナルメニューであさりまんがあるから」

「あさりまん!?」

「うん。おいしいよ。それを食べながら一階のイルミネーションを飛馬と見るのが夢」

「え。……おまえの夢、いっぱいあるな」

「あはは。一階は夜の方がきれいなんだよ」

全部叶えたと思ったのに、と拗ねた気分になったけど、海東がひとりで仕事をしてる時にいつも俺を想い出してくれていたんだと思い知ると、くすぐったくもなった。悪くない。

ふふんと笑んで髪を引っ張ってやったら、海東も「いてて、なにっ？」とよろけて笑った。そのふにゃふにゃした笑顔が、太陽光に透ける。

「そういえばさ、飛馬。柊《ひいらぎ》さん結婚するんだってね」

「？　知らない」

「えっ、なんで知らないの。飛馬の元上司でしょうよ」

「あの人が会社辞めてフリーになったのはだいぶ前だし。あれ以来、交流がないからな。懐かしい名前を聞いたよ」

俺の返答に、海東はぽかんとくちを開けた。

「携帯番号、交換しなかったの……？」

「俺もフリーになって番号変えてからは教えてないよ。繋がってる必要ないだろ？」

「仕事をまわしてもらったり、情報交換したり、なにかと助け合えるじゃない」

「おまえはそういうところ器用だよね……柊さんともすぐ仲よくなって、うちの会社に出入りしてたよなあ」

海東があからさまにぎくりと竦んで、目を泳がせた。

「あれは……飛馬と組んで、仕事してたからで、」

「その仕事も、柊さんがいきなり俺たちにまわしてきたんじゃないか」

「ですね……」

「かと思えば、柊さんを声優雑誌の取材に連れて行ったりして、仲睦《むつ》まじくしてたしな」

「ハハ、睦まじいって……」

「今も連絡取り合ってるんだな。……結婚ねえ、あのロリコンが」

「ロリコン、は人のこと言えないでしょうが……」

ふん、と正面を向いたら、海東も息をついて俺の顔を覗き込んできた。さりげなく手に触れて、軽く握る。

「恋人がいたことぐらいは知ってるでしょう？」

「知らないよ」

「あれ」

「他人のプライベートなんか興味ない。恋愛話なら尚更わざわざ訊くもんか。おまえはそんなことまで訊きだして巧みに仕事に繋げていくのか。今もあの人と仕事してるのかよ」

「訊きだしたんじゃなくて、たまたまそんな話になっただけだよ……まあ、今も仕事紹介し合ったりはしてるけど」

「組んだりも？」

「場合によっては」

「……聞いてない」

「そんなこと話しても飛馬は流すと思ったし……話す必要性を感じなかった」

なんかすごくむかむかする。

「……飛馬、なんで怒ってるの」

「怒ってない」

柊さんも永峰先輩も、海東と仕事の繋がりを持っている。同業者同士、上手く付き合って互いに金儲けできれば理想的だろう。これがビジネスだ。文句を言う気もない。

俺は馴れ合うのが嫌いだから仲間に入れてほしいとも思わないが、どうしたって胸の奥が不快感にざわついた。

「で、おまえは柊さんの結婚式に行くの」

「ううん。海外で式挙げるそうだから、帰ったあとに呑む約束したぐらいだよ」

「へえ……。どこかの誰かと同じだな、海外で挙式って」

「う」

「俺も金包むよ。おまえが行く時、柊さんに渡してくれる」

「飛馬、」

「おまえ気をつけろよ？　俺が紹介した人間におまえが傷つけられるのはいやだからな」

睨みあげて叱りつけると、海東は神妙な面持ちでしばし間をつくってから頷いた。

エスカレーターをおりて車を見つけ、ふたりで乗り込む。

海東が袋からジュースをだして俺にくれ、互いに開けてひとくち飲んでいると、

「――飛馬。ちょっと、汚い話していい……？」

と、海東は突然深刻そうな声をだして目を伏せた。

「汚い？」

「ン。……俺、柊さんや永峰さんとの繋がりを仕事だって説明してきたけど、根本は違うんだよ。もちろん仕事はしてるけど、誘われた時に俺が断らなかったのは欲があったからだよ。金稼ぎはどうでもよくて、飛馬の傍にいたかった」

「いるじゃないか」

「いや、つまり……高校卒業してから、俺たちは過ごしてる場所が違うでしょ。俺は飛馬がどんな人たちと接してどんなふうに想われているのか、なにもわからなくて寂しかったから。柊さんや永峰さんと一緒にいると、落ち着くんだよ」

俯き加減に、海東が苦笑いする。俺は呆れ返って唇を曲げた。なんなんだその理屈！

「他人に会って落ち着く意味がわからない。俺に直接会いにこいよ」

「もちろん飛馬にも会いたいけど、これはちょっと違う感情なんだよ。飛馬のことを知っていたいっていうか、独占したいっていうか……」

「あの人たちと仲よくすれば、俺を独占できるわけじゃないだろ」

「少なくとも、俺が知らない飛馬の生活は減るでしょう」

「ストーカーだ！」

叫んでやったら、海東がくちの前に人差し指を立てて「しーっ」と慌てた。

「危害を加えたいんじゃなくて、飛馬の一番の拠《よ》り所でいたいし、守っていたいんだよ」

「あの人たちがなにかしたら俺がおまえを守るべきだろ？　おまえは部外者なんだから」

するとと俺を横目でちらと見た海東は、ペットボトルに視線を落とす。

「……永峰さんに、キスされたでしょ。そういうの、相手を知っていれば間に入って守れるじゃない？」

「また不愉快な話を蒸し返して……そういやおまえ、あの人に〝自分が身代わりになる〟とか言ったんだってな。それで守ってるつもりか？　ふざけんな」

「そもそもキス自体、聞かされた時に相手を知っている方が、俺自身安心なんだよ」

「はあ？　安心だって？」

「当然悔しいし腹が立つよ。でも許せる。たとえば飛馬が誰か好きになってもさ、その人がいい人だって知ってれば納得できるじゃない。知らなかったら、俺は飛馬がどんな人を好きになって幸せを感じているのかとか、どういう笑顔で過ごしているのかとか、ひとつも想像できなくて、飛馬がわからなくて、いやなんだよ」

「俺が他人と恋愛するのを見たいのかよ」

俯いた海東が、瞳だけゆっくり二度瞬いて頷いた。

「そうだよ。……俺は死ぬまで飛馬の親友として傍にいて、飛馬の幸せを守りたい」

はっきり断言するくせに、今にも泣きそうな目で微笑する。この笑みの奥で海東がどんな気持ちでいるのか、今ならわかる気がした。

独占したいと言う。俺が他人とキスをしても許せると言う。

離れたくないと言う。俺が他人と恋愛する姿を見たいと言う。

矛盾してるようでいて一貫したこの意志のなかに、海東の長年の強い想いがあった。

親友なのか、と。安易に訊ねるのはあまりに不誠実に思えて、喉が詰まるほどの。

「……これから楽しく過ごそうって時に、なんて顔してるんだよ」

「ああ、ごめん」

海東は情けなく笑いながらジュースをホルダーにのせて俺にパンをよこし「行こうか」と、いそいそエンジンをかけた。海ほたるをでて、車はまたアクアトンネルへ入っていく。

トンネルの先までずっと続いている照明灯。音楽プレイヤーから流れる静かな音楽。

……そういえば俺は、海東の職場での人間関係なんて訊いたことがない。昔の上司の名前も知らない。先輩や後輩にどう接していたのかもわからない。フリーになってから、誰と出会ってどんな付き合いをして、いくつの仕事を抱えているのかすら。

記憶を何遍辿《たど》っても、俺には海東の生活が真っ白だった。胸《むな》に穴ぼこがあいて風がすうすうとおりすぎるような虚しさだ。……知っている方が安心、か。

ハンドルを握る海東の手をじっと睨んで、俺は車がトンネルをでる瞬間を待ち続けた。

「……すま。——……飛馬」

呼ばれる声にはっと目を開けると、視界の先に海が広がっていた。

車も止まっている。慌てて身体を起こしたら、フロントガラスの横から海東がひょいと顔をだして、にこりと微笑んだ。

「海東」

俺もドアを開けて外にでる。冷たい風と潮のきつい香りが肌に絡みついて流れていく。

「おはよう、飛馬」

温かい声で言って俺の横へくる海東が首を傾げた。

俺は急に動いて冷えた風にあたったせいか、ふらりとよろけてドアに手をかけた。すかさず海東が「大丈夫?」と背中を引き寄せてくれて寄り添う。そのまま身を委ねて、海東の胸に額をつけた。あったたか。

「……今、何時?」

「一時ちょい過ぎだよ」

「ここはどこ?」

「富津岬《ふっつみさき》。……一緒に行こうって約束してた、展望塔がある場所だよ」

「うそ」

顔をあげて海東を見ると、海東は遠くに視線を向けて俺の背後を指さした。そこには確かにあのデジカメの液晶画面で見た展望塔があった。

五葉松をかたどった、巨大な三角のシルエット。想像以上の迫力に圧倒される。

「すごい……」

「行ってみよう。のぼっていく途中に椅子があるから、そこで腰掛けてパン食べようよ。飛馬、食べないで眠っちゃったから、お腹すいたままでしょ」

「ああ、うん。そうだ。海東は食べたの」

「食べないよ。ここでふたりで食べればいいやと思ったからさ」

「……そうか、ごめん。俺のせいだね。結局、寝ちゃったし」

「いいんだよ。飛馬に無理させたくて誘ったわけじゃないんだから。どんなにきれいな景色を見られたって、飛馬が体調を崩したら意味ないもの。眠い時は寝て、食べたい時は食べて。俺に気をつかったり、遠慮する必要ないよ」

……風は凍えるほど冷たく身体を冷やすのに、海東に触れているとそれが声だけでも胸が温まる。

海東の右手が俺の頭を撫でて、髪を耳にかけた。掌が冷えた耳朶をほぐしてくれて気持ちいい。目を閉じて、海の波の音に耳を澄ませる。

「……なあ海東」

「ん？」

「俺が目を覚ますまで、なにしてた？　……今、カメラ持って外にいたよな」

「……。景色を、撮ってました」

「正直に」

「飛馬の寝顔も撮りました……」

「っとに」

笑って許して身体を離した。車からパンと飲みものをだして、鍵《かぎ》を閉めて移動する。

海東は時々立ち止まって写真を撮り、俺もその横で足を止めながら展望塔へ向かった。

見まわすと展望塔の周囲は木々の生えた広場になっている。

「ここは富津公園っていうんだよ。自転車のレースにも使われてるの」

海東が教えてくれた。身体を屈めて展望塔を見あげるようにとらえ、カメラのシャッターを切る。

「自転車のレース？」

「縦長の公園だから、周囲を囲む道がレースにちょうどいいんじゃないかな。ぐるっと走ってきて先端につくと、この展望塔がたってるんだよ」

「ふうん……有名そうなわりに、人が全然いないな」

「辺鄙《へんぴ》な場所だからかな。俺が前にきた時も、こんな感じにガランとしてたよ」

展望塔は写真で見たとおり、正方形の台を一本の柱で支えたものが五葉松の形にいくつもたっていた。そしてそれぞれが階段で繋がっていて歩いてのぼれるようになっている。

俺がひとりでのぼり始めると、撮影していた海東も走ってきて、うしろをついてきた。のぼるにつれ、海東が説明してくれた縦長の公園と、東京湾《とうきょうわん》の美しさが見渡せるようになってくる。きれいだ、と感激するものの、さすがにひきこもり生活のせいで体力が落ちているのか、半分のぼっただけで息が切れた。

「……疲れた」

「もうダウン？」

休んでいたら、俺に追いついた海東も横に並んで笑った。

「あとすこしだよ」

「ンン……さして高くないのにな……」

「それだけ足腰弱ってるってことだよ。若くないなー」

「うるさい」

身軽にひょいひょいのぼっていく背中のジャンパーを摑むと、海東が「わあ、重たい」と吹きだして、俺の手を摑んだ。

「悪いことして」

「引っ張って連れていってほしかったんだよ」

「じゃあ手を繋げばいいでしょ」

「ここで?」

「俺は嬉しいよ。飛馬と手を繋いで歩いたことってなかったし」

「なかったっけ。なんでもされてる気がしてたけど」

「なんでもって……結構純愛なんですよ」

「純ねえ」

前に向きなおった海東は、階段をのぼりながらさりげなく俺の指の位置まで手をさげて、指を繋ぎ合わせた。海東の掌の熱が伝わってくる。一歩踏み込む拍子に指に力が入って手を強く握り締めると、海東もこたえるように握り返して引き寄せてくれた。

ああ確かに初めてかもしれない、と思った。指と指でこんなふうに無言の会話を交わした記憶はない気がする。

手を繋ぐのは簡単なようで、案外と難しいものなんだな。目の前にあるのに、理由がなければ触れない。衝動にまかせて抱き締めるほうがよっぽどらくか。

海東は照れくさいのか、手を繋いでからずっと振り向かない。意識してるようすが初々しくて、かわいい。

最後の一段をのぼる時、イタズラ心をだしてわざと手に寄りかかってやったら、海東は体勢を崩して「わ」と俺の手を潰れるぐらいきつく握り締め、手すりに摑まった。

「飛馬、大丈夫っ⁉」

慌てて振り返って、真っ先に俺を心配する。堪らなくて笑ってしまった。

「意地悪したんだよ」

「へ……転びそうになったんじゃないの？」

「ないよ」

「あすま〜……」

肩を竦めて頂上にのぼった。眼下には東京湾の碧い海が広がって、太陽光に照らされている。うしろを振り向くと、先程までいた駐車場と公園の木々が見えて、海東の車も小さな模型のようにちんまり止まっていた。

繋いでいた手を離して、俺たちは景色に魅入った。

海東はまた写真を撮って「この間来た時より全然天気がいいな」と言う。

先端の柵まで移動して海を眺めたら、遠くの方に建物の影が確認できた。下の海岸ではサーフィンを楽しんでいる人たちがいる。

鼻先を掠める冬の香りや、耳を撫でる波の音。

鳥の鳴き声と、微風が肌を冷やす一瞬の痛み。

自然の囁きのなかに生きている、刹那の静寂。音のなかにある静か。

言葉を発しないものと会話する時間なんて、忘れかけていた。

連れてきてくれたのは海東だ。

忙しさにかまけて時計の針ばかり追いかけている俺に、海東はいつも写真で世界の香りや色を見せてくれて、自分たちの傍らには美しいものがあるんだと思い出させてくれるけど、今目の前にある景色こそが、あの印画紙の中のリアルなんだと思った。海東のところには、この緩やかな時間が常にあるんだな。

柵に頬杖をついて風がやってくる方角を探っていると、海東は俺の斜め横からこちらにレンズを向けてシャッターを切った。俺は横目で見返して鼻で笑う。

カメラをゆっくりおろすと、海東は遠い目で俺を見つめて、

「……飛馬ときたんだな。本当に夢みたいだ」

と呟いた。

「ひきこもりで悪かったね」

「いや……そういうことじゃなくて」

「ん。授業と同じで仕事もサボれるなら、ここで毎日昼寝してたいな」

「ああ……そうだね。それは言えてる」

海東も横にきて、海の向こうに視線を向ける。

「この対岸には、三浦《みうら》半島の観音崎《かんのんざき》があるんだよ。飛馬は行ったことある？」

「観音崎？　知らない」

「人が少ない日を狙って行けば、海と木々を堪能できるよ。ちょっと山をのぼると灯台もたっていてなかに入れるんだけど、俺、暇な時たまに行ってぼうっとして帰ってくるの」

「へえ」

「隠れたデートスポットでもあるんだよ。飛馬も、好きな人ができたら連れて行ってあげると、相手はきっと喜ぶと思うよ」

あまりにさらりと言うものだから、一瞬意味がわからなかった。横には濁りない優しい笑顔を浮かべる海東がいる。

まるで俺たちが海ひとつ挟んで立ってるみたいじゃないか。

「だったらその時はおまえに〝俺たちをデートに連れて行って〟って頼むよ。俺は車を持ってないし、道もわからないからな」

投げやりに言ったのに、海東は痛そうな顔をしてから、すぐ苦笑いを浮かべて頷いた。

「うん……いいよ」

ふいに風の音もさざ波も聞こえなくなった。かわりに冷たい失望感が胸の奥を吹き抜けていく。

じっとしていられなくなって、階段をおりて椅子のある場所まで移動した。柵の手前にある長椅子に腰を下ろして、パンを袋からだして食べ始めると、海東も黙ってきて左横へ座り、食事を始めた。背後からふわりと風が吹いて寒い。

メロンパンを半分やっつけてみたら、やっと自分の感情を見つけた。

これは苛立ちだ。こんな日差しのなかで、こんな冬の青空の下でふたりでいるっていうのに、海東は俺の横にいない。これは孤独だ。

「飛馬。このサンドウィッチおいしいよ。……食べてみる？」

だのに振り向くと、やっぱりちゃんと海東がいる。……頬に触ったら温かいだろうに。

そう思ったら、海東の心が全然わからなくなって、心が軋んだ。

「……海東。どうしておまえは俺を突き放すんだよ」

「突き放す……？」

「俺はおまえと一緒にいたいって言っただろ。おまえはどうなんだよ。きれいごとも建前もいいから、なにがほしいのかちゃんと言えよ」

海東の苦しんでいる姿を見たくなかった。それだけが俺の望みで、それ以外どうでもよかった。今の俺の本心だ。

「飛馬……」

海東は唇を引き締めて目を伏せた。

どれほどか経ってサンドウィッチを置くと、

「……キスを、したい。……本当に、飛馬の舌を吸ってもいい」

と問うてきた。

「いいよ」

目を閉じると、海東は俺の下唇を軽く吸って、やんわり離した。唇が離れる寸前の小さな音がやむと、吐息をこぼして再びくちづけ、すこしずつ俺の唇を舌で開いていく。

……海東のキスには、今日も優しい気づかいがあった。俺の心を無視しない、緩やかな思いやりがあった。俺が沈黙すれば、舌を止めて唇の端を吸う。こたえるように海東の下唇を舐めれば、彼も俺の舌先を一度だけ舐める。真似をして俺も海東の舌を吸うと、やっと俺の舌を引き寄せて包んだ。

喜んでくれているんだろうか。幸せだと想ってくれているんだろうか。

俺と同じように痺れるような熱情を抱いて、震えてくれているんだろうか。

願いに似た疑問を思いつつ離れてみると、海東はたくさん涙をこぼしていた。

「……ありがとう。嬉しかった。……ごめんね」

泣いてる。泣かせた。

「なんで謝るんだよ。おまえのほしいものって、こんなので終わり？」

「俺にとっては〝こんなの〟じゃないんだよ。飛馬がこたえてくれるだけで奇跡だよ」

「だったら泣く理由は？」

「幸せだからだよ」

そう微笑む海東の目から涙がこぼれてくる。……ほんと、なんなんだ。

すこし乱暴に、海東の首を引き寄せて額を合わせた。

「俺はおまえといられるなら、親友でも恋人でもなんでもいいよ。おまえが望むんなら、俺を恋人にすればいいだろ。恋人になってやるよっ」

目の前で海東の下唇が震えている。呼吸を整えながら、海東は静かに唇を開いた。

「……だめだ。そんな一方的な関係、恋人とは言えないよ。友だちのままでいい。俺だって飛馬から離れるつもりはないから」

「海東」

「観音崎の灯台、案内するからね」

怒鳴りたい衝動をおさえて深呼吸した。救いたい、喜ばせたいと思うのに、俺の気持ちが海東を傷つけていることしかわからない。

「なんでっ、」

「だって高校からだよ!?　その間、飛馬は俺に恋愛感情なんて持たなかった。ついこの間まで家に行っても〝さっさと帰ってひとりにしてくれ〟って言われてたんだから、十分承知してる。恋人になってもらっても、俺は飛馬を不幸にする。わかってる……っ」

海東は俺から逃げるように俯いて涙の粒をぱらぱら落とし、俺は捕まえるように強引に抱き締めた。

「今はもう違うだろっ。こんなに無防備にこたえてるのに、なにが不満なんだよ！」

「飛馬、」

「全部くれてやるから、なにがほしいか言ってみろよ！」

高校時代、おまえが下級生と付き合って後悔した日の涙、憶えてる。

卒業式に、おいおい泣きながら最後まで肝心な言葉を呑み込んだ我慢も、もうわかる。

引っ越しの日、数ヶ月ぶりに再会した瞬間の感情は、今思えば安堵だったよ。

俺の横にいつも海東がいたのは、海東が望んだからじゃない。俺自身も海東といたいと願っていたからだ。

「絶対に安心させてやるって言ったじゃないか、なにもごまかさなくていいから、おまえの気持ちを聞かせろよっ」

目一杯怒鳴りながら自分こそ〝欲しい〟って言われたいのかもしれないと思った。なのに昔の自分の鈍感さやすれ違いを責められても、どうしたらうまく正せるのかわからなくて、悔しくてもどかしくて、海東の肩に唇を押しつけてしがみつく。

海東も俺の背中を抱き返して涙まじりの吐息をこぼした。すこし間をつくったのち、覚悟を決めたように、声を押し殺して呻く。

「……飛馬が、ほしい。飛馬にも俺を想ってほしい。どこへも行かないでほしい。……誰にも譲りたくない。――ずっと、好きだった」

その瞬間、俺は生まれて初めて全身が焼けるような至福感を憶えた。

でも海東がすぐ遠慮がちな声で、

「我が儘を、ごめん」

と謝罪してきたものだから、また堪らなくなってきつく抱き締めた。

「いいよ、海東。俺はおまえの恋人になる」

「けど、」

「俺に好きな人ができたらとか恋人ができたらとか、二度と言うなよっ、殴るからな！」

厳しく叱りつけてくちを閉じた。潮風は先程までと変わらずに俺たちを掠めていく。

海東が鼻をすすって小さな咳《せき》をしたので、そっと身体を離して見返したら、鼓動が大きくなった。海東の瞳のなかに残った涙が、鈍く光る。冷静な表情のなかに儚げな色をまとったまま、俺を見つめて離さない海東。

指が震える。……なんでだろう。海東に触りたい。

海東の身体が温かいことも、掌が心地よく俺を撫でることも、唇の味が優しいのも十分すぎるほど知っているし、今肌の表面に余韻も残っているのに、触りたかった。

……不思議だ。感情には目に見える決定的な音や色があるわけじゃないのに、わかるものなんだな。

これは海東だけに抱く、特別な想いだ。

「海東のこと、二度と苦しめないよ。絶対に幸せにしてやる」

海東はへの字に曲げた唇を震わせて、目を瞑って最後の涙を落とした。そしてもう一回俺の唇を吸って、柔らかく離した。

至近距離で囁く。

「……好きです」

俺もその告白ごと海東の唇を覆った。次第に強引になる海東の唇と舌に感情を支配されて困ったけど、嬉しさのほうが増して委ねた。

嚙みつくように唇を貪《むさぼ》る。互いの呼吸が乱れて、海東の右手が俺の腰を引き寄せた。

俺が海東の肩に手をのせると、海東もこたえて俺を抱き竦める。唇だけじゃなく、指先だけでも心を届け合えるんだなと思ったら、唯一の相手なんだと確信した。

必要な存在だ。たったひとりの大事な相手だ。もう何年も前の、出会ったあの日から。

展望塔で食事をすませたあとは、再び車に乗って移動した。

海東が横でナビを見て、ハンドルとギアを操作して運転している。

俺は窓の外に視線を向けて、自分の胸の奥の熱を心でたどった。まだ冷めない。

どこへ行くんだ、と訊ねる気にはならなかった。だからナビも見ようとしなかった。

海東が連れて行ってくれる場所は、海東らしい色や空気が呼吸している場所だとわかっているし、自分自身その景色を必ず好きになるから、どうでもよかった。

ただこの車がとまらなければいいと思った。

この時間が、ずっと続けばいい。

「……天気が悪くなってきたね。ほら、向こうの空がちょっと曇ってる」

「ん？」

海東が前方を指さした。視線を向けると、確かに遠くの空が灰色の雲に覆われている。

「……本当だ」

「飛馬は雨男かな」

「そんなことないよ」

「でも高校の時、修学旅行は全日雨だったよね。文化祭も降った。なのに飛馬がサボった体育祭は晴天」

「失礼だな、無関係だよ。俺が引っ越した日は降らなかったろ」

「そうだけど」

「おまえが雨男かもしれないだろう？　いつも一緒にいたんだから」

ムと唇を曲げたら、海東は運転しながら苦笑した。

「……そうだね。一緒にいたね」

午後二時を過ぎて海沿いの道を走り続けていた途中、海東は突然減速してガードレールの横に車をとめた。後部座席からカメラを取っておりるので、俺も続いて車をでる。

海の波がザザン、ザザンと打ち寄せていた。雨が近くまできているせいか、若干荒れているように見える。

海東は「おいで」と手招きして微笑み、ガードレールの隙間から下へおりていく。覗き込んでみたら、二メートルぐらい下にゴツゴツした岩場がある危険な場所だった。

「そんなところ入って平気なのか？」

「平気だよ」

海東がカメラを庇って、生い茂った草をかき分けつつ、慎重におりる。岩の上に立つと手を差し伸べて、目で〝おいでよ〟と伝えてきた。

決して観光場所とは呼べないところだし、デートスポットでもない。ガードレールで遮られた進入禁止の場所なのに、海東は涼しい顔で入って行って楽しげに笑っている。

「こんな悪さするの、高校以来だ……」

観念して、俺も海東のあとに続いた。ふらふらよろけて急な坂を滑りおりて行くと、海東が俺の手を摑んで支え、引き寄せてくれた。

……こいつは、いつもひとりでこういうことをしているのだろうか。きれいだと思った場所を見つけたらおもむろに車をとめて、危険もかえりみずに進入していく、無邪気で子どもっぽいこと。

安全な足場を確かめながら、海東は岩を飛びうつって移動して行った。岩の間に海の波が流れ込んできて弾ける。転ばないよう気をつけて、俺も海東が踏んだところに足をのせて追いかけた。時々カサカサ動く虫が横切って、「うわあ」と声をあげるたび、海東におかしそうに笑われた。

強い波が流れてくると、海水が岩を覆って靴を濡らす。

「海東、びしょ濡れんなった」

「うん。波が荒れてきてるから、ここら辺でよした方がいいね」

足をとめたら海東はカメラを海に向かって構え、屈んでシャッターを切った。

俺も海東の横の岩の上に立って、海を眺めた。目の前には、だいぶん低く沈みかけた太陽が鈍く輝いている。空を覆う雨雲のせいで、空は暗い。大きな波の音と潮風だけが俺たちを包む。強い風が俺と海東の身体を揺らして、髪を乱した。岩と岩の間を一瞬で埋める海水は、俺たちの足場を徐々に消していく。

なんだろう。海は初めて見るわけじゃないのに、今まで見た海とまったく違う印象を受けた。灰色の雲と微かに光る太陽に心を吸いとられているみたいだ。思考も感情も、すべてが無になって溶けていく。

「千葉の海は独特の雰囲気があるよね。今が冬だからかもしれないけど」

カメラから手を離した海東が微苦笑して、俺も頷いた。

「湘南の海なんかは、冬でももっと明るい空気があるのに。ここはもの悲しいな」

波が、誰かの泣き声のようだった。でもこの静けさがきれいだった。雨雲に隠れて、夕日は見えない。

俺と海東は冷たい風のなかでじっと灰色の海を眺めて沈黙した。

カモメが横切って、太陽の光に一瞬消える。心が静まりかえって、俺は今、海東とふたりでいるんだ、と当たり前のことを妙に深く感じ入った。

耳の先が冷えて痛むと、横に海東がいるか確かめた。

海東も俺を見返して、目を細める。

「……そろそろ行こうか。波がどんどん迫ってきてるし」

「うん」

また岩を大股で飛びうつって、車まで戻って行く海東の背中を見つめながら、俺は今この時間が自分の胸のなかで想い出になったのを感じていた。

生きていると一分一秒消えていく時間のいくつかを胸にとどめるけど、想い出になる瞬間を、掌に包むように受けとめたことはなかった。

今一度太陽を振り向いて、波の音に耳を澄ませる。今日のことを、俺はなにかあるたび何度も想い出して思いをはせるんだと思う。これは決めごとではなく、理解だった。

車に戻ってシートに沈むと、冷たくなった服が肌に触れた。

海東は車のエンジンをかけて、

「身体、冷えたんじゃない？　大丈夫？」

と、エアコンの温度を調節する。その横顔を見て、俺は思わず吹きだしてしまった。

「海東、髪がくっしゃくしゃだよ」

「え」

猫っ毛の海東は、湿気った風にさらされると髪がすぐにうねってくしゃくしゃになる。

俺が笑っていたらミラーで確認して「ああー……」と溜息をつき、指で梳いて整えた。

「しかたないなあ……なおしてもすぐはねるからもういいや」

「おまえ、昔からそうだよね。雨の日なんてくりんくりんでさ」

「この間散髪したばかりだからまだマシな方だよ。ちょっと長くなると酷いんだから」

「パーマと違って中途半端だから、余計困るね」

「飛馬みたいにずっとかわいいといいんだけどな」

なにげなく言って、海東が髪を耳にかけた。耳のうしろから、鳥の尻尾《しっぽ》のように髪がひとつまみはねている。潮の香りが車内まで入り込んだのか、鼻先を掠めた。

「……なあ、海東」

「ん？」

ジャンパーを脱いだ海東が、身体をねじって後部座席に置く。

海東の胸元のシャツが目の前に近づいていて、潮の香りより海東の香りが濃くなった。

「なにか、恋人っぽいことしろよ」

「恋人っぽい……？」

「全然実感がわかない」

海東の方に身体を傾けてシートに頭を寄せ、腕を組んだ。海東はとくに焦る素振りも見せず、困ったように考え込む。

そのうち俺と同じように、向かい合わせにシートに沈んで視線を合わせた。

「……ふたりでこうして海を見たりするのは、恋人っぽくないの？」

「ぽい。でも友だちでいた頃と変わらない」

「心の持ちようだと思うよ。友だちの時、キスに意味がなかったのと同じように」

「じゃあおまえはなにか変わった？」

海東は目を伏せて微苦笑し、俺の指を見つめる。

「……飛馬。恋人っぽい行動なんてなにもないよ。もし俺がここで飛馬を抱いたって、恋人になれるわけじゃないでしょう」

「なれないってなんだ。俺はもう恋人になったよ」

「なら、それがなによりの事実だよ。確かめる必要なんかない」

拒絶されて初めて、自分がまわりくどい言葉で誘惑したのを自覚した。でもそんな発見以上に、海東の態度に対して不満が募る。

「もういい」

身体の向きを変えて、窓の外を睨んだ。海東がシートベルトをしめる音がして、車が動きだす。溜息を嚙み殺して、俺は身体の奥で蠢《うごめ》く黒い感情を持てあました。

もっと簡単に恋人になれると思ってたのに、なんかむつかしいな。そもそも恋人ってどうしたらいいのかよくわからないし、言葉も見つからない。

ただなにかひとつだけでも、友だちの時とは違う明らかな海東の気持ちを感じたかっただけなのに。

流れていく景色を眺めて、途方に暮れた俺は、

「……髪、くしゃくしゃでも、海東はかわいいよ」

とだけ呟いて、もやもやもどかしさのうねる胸をおさえた。


海ほたるへ戻ってきた頃には、すっかり日も暮れて夜になっていた。

俺たちは急いでおみやげ屋へ行き、イカ墨の塩辛と、他にも目についたみやげをいくつか選んで買った。

それから五階で海東が教えてくれたあさりまんを買って、四階のデッキへでた。

朝とは違ってほとんど人がいない。隅のベンチに腰掛けてあさりまんを食べながら、月と夜景と、一階のイルミネーションを眺めた。青い光が瞬くイルミネーション。聞いてい

たとおり本当にきれいだ。あさりまんも、想像してたより潮臭さがなくておいしかった。

青い静寂を邪魔しないよう小声で会話しながら、ゆったりと風の音を聴く。

食べ終わってふと顔をあげると『幸せの鐘』が目に止まり、海東が、

「今は人がいないね」

と苦笑いした。

「……ン」

最初にこの鐘を見た朝は楽しかった。

からかい合いながらばかな話をして、笑って怒って。

あのまま幸福に一日が終わると信じてたのに、俺はどこでこんな複雑な感情を拾ってきたんだろう。近づいたはずが、さっきからどうしてか海東が遠い。

「飛馬、鳴らしにいこう」

「え」

あさりまんの包み紙を捨てた海東は、イタズラっぽく笑って立ちあがり、鐘の方へ真っ直ぐ歩いて行った。鐘の前に立つと手招きして俺を呼ぶ。頷いて、俺もゴミを捨てて海東の横へ行った。

並んで立ったら、海東がひもに手をかけて引いた。リンゴンリンゴン鐘が鳴り、目の前に広がった海や夜風にぶつかって、遠くまで響き渡る。

俺を見下ろして照れくさそうに笑みを浮かべた海東は、

「ああ……これで、夢が全部叶った」

としんみり言って首を傾げた。

「ありがとう、飛馬。本当に楽しかった」

想いを込めてお礼をくちにした海東は、儚げに顔を綻ばせた。

幸せなはずなのに違う。

俺から視線をはずした海東は正面の海と景色を見据え、黙ったままそっと俺の手を取って繋いだ。だから俺もくちを結んで海面の光を睨み、海東の指を握り締めた。

——……もう一度キスしたい。

たったひとことそう伝えればよかったんだと気づいたのは、それから数ヶ月過ぎた、月のない夜だった。

あとがき

プラチナ文庫から二冊目の本になります。

初めましての方、お久しぶりの方、お手にとってくださり、ありがとうございます。

今作はわたしの小説サイト『TEARS+』で連載していた作品を加筆修正し、書き下ろしも加えてまとめた上下巻の一冊目になります。

サイトでは文庫とはまた違う読者さんとの楽しみ方があるのですが、そのひとつが〝気兼ねなく、いつまでも大事なふたりを書いていられる〟ということだと思っています。

飛馬《あすま》と海東《かいとう》はそこをいかして、ふたりの間に流れる過去と現在の長い時間を読者さんとともに行き来しながら、温かい気持ちや痛みを共有するために向き合ってきました。

過去があって今があるように、高校での出会いを経て二十八歳になったふたりにとって過去は伏線となり、現在に響いてきます。

なので一見、短編を詰め込んだだけのように見える作品ですが、すべてが本編で無駄な箇所はひとつもないように書いています。

よろしければ下巻の『ふたりのはなし。』での恋の行方も見てやってください。

挿絵を担当してくださった井上《いのうえ》ナヲ先生と、このような無茶な作品を上下巻でだすことにお力添えくださった担当さん並びに携わってくださった方々へのお礼は、下巻に改めて記させていただければと思います。

そしてサイト時代から見守っていてくださった読者さん。……連載途中で放置していた続きは『ふたりのはなし。』からになります。

初めてふたりに出会ってくださった皆さんと一緒に、すみません、あとすこしお待ちくだされば幸いです。

文庫には必ずエンドマークをつけなければいけなくて、それは寂しいことですが、だからこそ表現できることもあります。どうぞよろしくお願いいたします。

朝丘《あさおか》　戻《もどる》。

Platinum Label

きみのはなし、

プラチナ文庫をお買いあげいただき、ありがとうございます。
この作品を読んでのご意見・ご感想をお待ちしております。

★ファンレターの宛先★

〒102-0072　東京都千代田区飯田橋3-3-1
プランタン出版　プラチナ文庫編集部気付
朝丘 戻。先生係 / 井上ナヲ先生係

各作品のご感想をWEBサイトにて募集しております。
プランタン出版WEBサイト http://www.printemps.jp

著者――**朝丘 戻。**(あさおか もどる。)
挿絵――**井上ナヲ**(いのうえ なを)
発行――**プランタン出版**
発売――**フランス書院**
〒102-0072　東京都千代田区飯田橋3-3-1
電話(営業)03-5226-5744
　　(編集)03-5226-5742
印刷――誠宏印刷
製本――小泉製本

ISBN978-4-8296-2502-6 C0193

恋人であるフラワーショップ店主の九条に「甘やかす権利」をフル活用され、むずがゆいほどに甘い日々を送る医師の甫。甫の弟・遥も、甫の部下の深谷と仲良く暮らしていて……。そんな四人の日常、ちょっと覗いてみませんか？

Illustration：黒沢 要

P2500

●好評発売中！●

花川戸菖蒲
AYAME HANAKAWADO Presents
明日、恋する祈り
僕は正真正銘の
ヘンタイだ――!!
誰もが振り返るほどの美青年なのに極度の人見知りである琉生は、『なるみ』というアバターに恋をした！　彼と親しくなっていく琉生だったが、偶然入ったカフェで、店員の竹端に内心怯えつつもドキドキしてしまう。強引だが優しい竹端と憧れのなるみと、揺れる気持ちに琉生は……。
Illustration：汞りょう